# 不埒《ふらち》な社長と熱い一夜を過ごしたら、溺愛沼に堕とされました

# 一

「ホテル行かない？」

取引先の人と、仕事終わりになんとなく一緒に食事でもどうですか、なんて話になった。

軽い気持ちで承諾し同僚と四人で楽しく食事をしたあとに、まさかこんなお誘いが待っていると は夢にも思わなかった。

現在の時刻は夜の九時。取引先の男性と二人で、最寄り駅に向かっている最中である。

「え……？」

真っ先に冗談だと思った。でも、隣にいる人から嘘ですとか、冗談です、という言葉がいつまで経っても出てこないことにだんだん疑問を抱き、当の本人を見上げる。

仕事で最近何かと顔を合わせることの多いこの男性は、名を八子《やこ》諄《じゅん》という。

七センチヒールのパンプスを履いた百六十五センチの私よりも十センチ以上背が高いうえに、憎らしいほど整った顔をしたイケメンだ。そんな人が、私をホテルに誘っている？

――いや、ないでしょ。

「八子さん、ふざけてます？」

「ふざけてないよ。超真剣」

真剣と言うわりには、顔は満面の笑みを浮かべている。表情からはまったく真剣さが伝わってこない。

私は必死に記憶を辿《たど》り、こんな風に誘われる原因を探した。

酒だ。そう、この人も私も、さっきまでアルコールを摂取していた。

「……八子さん、さっきビール飲んでましたよね？」

「うん、まあ、飲んだね。でもちょっとだけだよ」

少し乱れた前髪を手で掻き上げながら、八子さんが微笑む。

私は知っている。この微笑みにハートを撃ち抜かれた女性が何人もいるということを。

そして今、垂れ気味の優しげな目と甘い美声に、私も心を撃ち抜かれそうになる。でもそこはアラサーの経験値でぐっと堪《こら》えた。

「やっぱり酔ってるんじゃないですか。もう……送ってくれなくていいですから、早くタクシーを拾って……」

駅までまだ距離があるが、視界の先にタクシー乗り場が見える。八子さんから視線を外してそっちを見ていたら、なぜか腕を掴まれた。

「えっ？」

「確かに酒の力は借りたけど、君を誘ったのは酒の勢いじゃない」

私の目を真っ直ぐ見つめながら言われた彼の言葉が、妙に胸に響いた。

腕を掴んでいた大きな手が、するすると移動して手に触れる。そのまま指を絡めるように握られて、ティーンのように胸がきゅんとした。

こんな感覚は何年ぶりだろう。

――これって……求められている……⁉

初めての彼氏と初めてキスをした時のような、甘酸っぱいときめき。数年ぶりとも思えるその感覚が、どこからともなく湧き上がってくるのを感じた。

八子さんのことはもちろん嫌いじゃない。でも、恋愛感情を持っているかと聞かれたら、現段階では持っていないと自信をもって言える。だけど、久しぶりに男性に、しかも八子さんみたいな規格外のイケメンから女として求められるのは、正直言ってイヤじゃない。むしろ……

――やばい、嬉しい……

忘れかけていた女性としての本能が、一気に噴き出してくるようだ。

「ダメかな」

八子さんが体を屈《かが》めて、私の顔を覗き込んできた。その瞬間、ハッとする。

求められるのは嬉しい。でも、付き合ってもいない男性といきなり一線を越えるのは、さすがにためらいが湧く。

「いやあの、でも……」

——だって、相手は取引先の人で、これからも付き合いがあって……

返事に困っていると、彼の顔が近づいてきて、いつの間にか唇が触れ合っていた。

「……!!」

声を出そうとしたけれど、思いのほかキスが気持ちよくてうっとりしてしまう。

——ダメだ、蕩《とろ》ける……こんなの久しぶり……

腰から下に力が入らない。彼に支えられていなかったら、たぶん、地面に座り込んでいたと思う。

しばらくして、ゆっくり唇が離れていき、腰を抱かれたまま至近距離で見つめ合う。

「……行く？」

ぼーっとした状態の私は、無意識のうちに頷いていた。その結果、八子さんに駅近くのホテルへ連れて行かれた。

エレベーターで客室フロアに移動する間、心のどこかで何をやっているのだろうと何度も自問自答した。

——私、今からとんでもないことしようとしてる？　でも、彼氏もいないし三十だし。こんなことくらい、別に……

そんな風に強引に理由をつけて、自分の行動を納得しようとする。

——きっと疲れてるんだ。だから……溜まってるんだよ、きっと。性欲というものが、ね。

八子さんは移動している間、一言も発さず、客室に到着すると無言のままドアを開けた。

「どうぞ」

先に部屋の中へ入るよう促《うなが》される。意を決して部屋の奥に進むと、大きな窓が視界に入った。カーテンを閉めていない窓から、夜景がよく見える。

「わ……すごい」

夜景が綺麗ですね、なんてテンプレな会話を交わすこともなく、背後からいきなり抱き締められて唇を塞がれた。しかも、さっきより濃厚なやつを。

キスの最中、彼は器用に片手ずつジャケットの袖《そで》から腕を抜き、窓辺にある一人掛けのソファーめがけて放り投げた。

舌を絡ませ吸われて、ちょっと苦しくなって顔を後ろに下げようとすると、更にグッと前のめりになって迫ってくる。逃げ場がない。

道端でしたキスとは全然違う。大人の男の本気のキスに、立ったまま応《こた》えている私の腰はいつまでもつのか。

「ちょ……ちょっと待って、シャワーとか……」

顔を背《そむ》けて訴えるも、すぐに八子さんの唇が追いかけてくる。

「いいよ。どうせすぐに汗でぐちゃぐちゃになる」

「ん……!!」

キスをしながら部屋を進んだ私達は、ダブルサイズのベッドの上に絡み合ったまま倒れ込んだ。

「……っ、は……」

互いの顔を手で挟み、激しいキスの応酬《おうしゅう》。うっすら目を開けると、長い睫《まつげ》に覆《おお》われた綺麗なアーモンドアイがあった。

――やっぱり、この人の目って綺麗……

仕事でこの人の顔を見る度に、つくづくいい男だと思っていた。しかも大手のデザイン事務所から独立後、自分で会社を経営しながら空間デザイナーとして名を馳《は》せている。分かりやすく言うと出来る男。

そんな人と、今こうしてベッドで絡み合っている状況がまだ信じられない。

――夢かな？　まあ、夢だったとしてもいいか。

なんせ、仕事に夢中になるあまり恋愛を完全に置き去りにして数年。男性との艶事《つやごと》がご無沙汰すぎて、今の私は気持ち的には完全にティーン。

でも、どっちかというと興味の対象はセックスだったかもしれない。

服を剥《は》ぎ取るように脱がされ、ブラジャーのホックを外す手際は高速。はやっ、と感心する間もなく、彼の眼前にまろび出た乳房にむしゃぶりつかれた。その余裕のない様子が可愛く見えて、ちょっとだけほっこりする。

――八子さんが可愛い……

なんて思っていたら乳首を軽く甘噛みされて「あっ!!」と声が出た。それに反応して一瞬だけ顔を上げた八子さんは、ひどく嬉しそうに見えた。

「可愛いなあ鳥梯《とりはし》さん。こうされるの気持ちいいの？」

「……っし、知りません……」

本当は気持ちいいけど、敢えてうんとは言わない。でも、私のそんな態度も相手にとってはツボだったらしい。

「素直じゃないとこもいいね。でも、こっちはどうかな」

そう言いつつ、八子さんの手がショーツのクロッチ部分をなぞってくる。

「んっ……」

たまらず腰を揺らしたら、彼の指がピンポイントに気持ちいいところを攻めてきた。

「ここがいいんでしょ？　もうびしょびしょじゃん」

「〜〜〜〜〜っ!!」

そんなこと自分でも分かってる。

「やだもう、言わないで……」

「濡れてるのが恥ずかしいんだ？　でも、そうやって恥ずかしがるのは余計男を喜ばすだけだから」

八子さんが白いシャツの前ボタンを数個外し、下に着ていたTシャツと一緒に頭から脱ぎ去った。

そして、ぐっと体を屈《かが》めて顔を近づけてくる。

「俺の前以外で言っちゃダメだよ」

また唇を塞がれ、彼の大きな手で乳房を捏《こ》ねられる。その間も股間への愛撫《あいぶ》は続いているが、彼はその長い指を私の中に挿れようとはしなかった。

それがだんだんもどかしくなってきて、我慢が限界に近づいていく。

「……何？　なんか言いたいの？」

至近距離で顔を合わせながら、八子さんが尋ねてくる。

今、私ってどんな顔をしているのだろう。

「………八子さん、意地悪ですね……」

「そう？　言いたいことがあるなら、上手におねだりしてごらん」

おねだり。人生でおねだりなどしたことがないこの私が、おねだり。

――この人……本当にずるい……

でも、この状況では抗《あらが》えない。私のちっぽけなプライドなど、この人の前では無意味だ。

「……く、ください……」

「何を？」

分かっているくせに言わせようとする、その態度にちょっとだけムッとした。

「や……八子さんが欲しいの……だから、ください……!!」

「よくできました」

クスッと笑った八子さんは体を起こすと、一旦私から離れて出入り口に向かった。部屋に入ってすぐ床に置いた鞄から何かを持って戻ってくると、手早く穿いていたパンツを脱いで下半身を露《あら》わにした。

余分な肉はついていないけれど、つくべきところにはちゃんと筋肉がある鍛《きた》えられた体。思わず見惚れていると、彼が避妊具をつけ終え覆《おお》い被さってきた。

「鳥梯さんにそんなこと言われたら、もう遠慮とかできないけど。いい？」

ピタ、と股間に硬い屹立《きつりつ》を宛がいながら、八子さんがお伺いを立ててくる。

「し……しなくていいです」

「そう？　じゃあ」

遠慮なく、と彼が私の中に入ってきた。数年ぶりに下腹部を埋めていく圧倒的な感覚に、息を呑まずにはいられなかった。

「あ、あああっ……!!」

「狭いね。久しぶりだった？」

この問いには答えなかった。すると、八子さんがクスッとする。

「まあ、どっちだっていいや。今俺とこうしてるんだし」

ぐっと腰を入れ、彼が私の最奥《さいおう》に辿《たど》りつく。全部入ったよ、と言いながら彼が私の背中に手を添え、上体を起こされる。

彼に抱っこされた状態で顔を合わせる。目の前の八子さんの表情は、仕事の時とは違って、甘く、どこか恍惚《こうこつ》としていて、危うく見惚れそうになった。

「……名前。真白《ましろ》だっけ？」

「はあ……」

「じゃあ、今は真白って呼ぶ」

「ん……あっ!!」

気を抜いていたら下から突き上げられて、たまらず大きな声が出てしまった。

これに気を良くしたのか、八子さんの腰の動きが激しさを増す。彼が腰を浮かす度に、奥を穿《うが》たれて、甘い痺《しび》れが全身に伝わっていった。

「ふっ……真白可愛い」

――ふ、ふか……!!　この体勢だと、奥に当たって……!

何年かぶりのセックスというだけで興奮はしていたけれど、そもそもセックスってこんなに気持ちいいものだったっけ。

自分の記憶では、挿入で達する以外はそこまで気持ちいいと思ったことがなかった。でも、これは、明らかに今まで経験したセックスとは違う。

キスから愛撫《あいぶ》まで、すごくすごく気持ちがいい。

「あっ……や、やば……、い……い、っちゃう……」

気が付いたら自分も体を上下に揺らし、快楽を求めていた。

「はっ……、真白……」

いつの間にか、彼が仰向けになり私が上になる、いわゆる騎乗位の体勢になるほど、情事にのめり込んでいる自分がいた。

目を閉じていると、無意識のうちに口から漏れる自分の声の他に、これまで聞いたことがないような八子さんの艶《つや》っぽい声が聞こえてくる。それが余計、私の欲情を煽《あお》った。

「んっ……は、ああっ……!! い、くうっ……!!」

——まさかこの私が、取引先の人とワンナイトラブなんて……！

頭の片隅には常にこの言葉があった。でも、完全に気持ちよさに負け、抗《あらが》うどころか我を忘れるほど、夢中になってしまった。

でも後悔はしていない。だって、すごく気持ちよかったから。

鳥梯真白、三十歳。社会人になってからも何人か彼氏はいたけれど、みんな長くは続かず今は一人身。そんな私が、ここ数年忘れかけていた女の本能というものを、八子さんによって呼び覚まされるなんて、夢にも思わなかった。

——いたた……やっぱりこうなったか……

翌朝、私は痛む腰を擦りながら会社までの道のりを歩いていた。

ヤバいかなと思っていたけど、あまりの腰の痛さに、今日はいつものカツカツと軽快な音を立てる七センチヒールをお休みし、歩くのがとっても楽なバレエシューズだ。

ついでに服装もスカートではなく足首までのテーパードパンツにして、肩甲骨辺りまで伸びたストレートロングの髪は結わずに下ろしている。

というか、本当は髪を結ぶつもりだったのに、首筋にどう見てもキスマークにしか見えない赤い痣《あざ》を発見してしまい、急遽《きゅうきょ》結ぶのをやめたのだ。

――やっ……八子――!!　あの人どこに痕《あと》つけてくれてんの!?

もちろん本人には言えないので、家で叫ぶだけにとどめたが。

確かにあの最中、何度か首筋に吸い付かれた記憶はある。それに、私も気持ちが高ぶっていたせいで、事後のことまで考える余裕がなかった。

――もう……痕《あと》が綺麗に消えるまで髪上げられないよ……

ため息をつきながら昨夜のことを思い返す。

まさかあんなに激しく何回も抱かれるとは思わなかった。

覚えているだけでも、三回はしたような気がする。十代かあの人は。

久しぶりの情事に私の腰が先にやられてしまい、最後は「もう無理です！」とこちらから泣きを入れて勘弁してもらった。

――もし私が止めなかったら、あのまま続けてたってことなのかしら。八子さん、恐るべし……

昨夜のことは、思い出すだけでドキドキして、いろんな意味で心臓が痛くなる。

最初はワンナイトラブなんて、とんでもないことをしてしまったと思った。

でも、帰宅してお風呂に浸《つ》かりながら、彼との情事を思い返したら、その考えが変わった。

――すごく気持ちよかった……あれが、本来のセックスというものなのかな……？

もちろんセックスの経験はある。でも昨夜のように、我を忘れて情事にのめり込むような濃厚なセックスは初めてだった。

ちゃんと相手が気持ちいいかを確認しながら、お互いに気持ちよくなる行為。それを身をもって体感できた、ある意味貴重な経験だった。

時間をかけて丁寧に愛撫《あいぶ》してくれた八子さんには、感謝してもいいくらいではないか。でも、たぶん二度目はないだろうけど。

ちょうどそこで、職場に到着した。十五階建てのビルは、一、二階に商業テナントが入っていて、三階から上がビジネスフロアになっている。

一階にはカフェやスイーツショップ、二階には雑貨店やコスメショップなどが入っているこのビルの三階に、私の勤務先がある。二階まではフロア中央にあるエスカレーターを使い、三階までは階段を使って移動するのがいつもの私の通勤ルート。

勤務先に到着し、いつものように真っ直ぐ自分の席へ向かう。

打ち合わせなどに使う仕切りで区切られたブースの前を通り、社員達の机が並ぶゾーンを抜けた先に私の席がある。

株式会社ＫＷＹ《ケーダブリューワイ》。元々は一軒家を使ったカフェを都内で営んでいたのが、当時のオーナー夫妻の息子である現在の社長が、事業を拡大してできた会社だ。今や元のカフェの他に、都内で業務形態の違うカフェを十数店舗展開するまでに成長した。

数年前に一般事務用品メーカーからの転職でこの会社に入った私は、一年ほど前から新店舗開発を担当する部署に異動して、忙しくも充実した日々を送っている。

「おはようございます」

同僚に声をかけながら席に着くと、自然に仕事モードへ気持ちが切り替わる。

「鳥梯さん、おはようございます」

早速私のところに来たのは、二年後輩の井口《いぐち》さんという女性社員だ。彼女は年下とは思えないほどの冷静さと落ち着きを持った女性で、私が今の職に就いてからずっとサポート役をしてくれている。そのため、仕事場では彼女と一緒に過ごすことが多い。

昨夜の食事も彼女と一緒だったのだが、帰る方向の違う彼女とは店の前で別れた。

よって、彼女は私と八子さんがあのあとホテルに行ったなどとは露《つゆ》ほども思っていないはず。

「井口さん、おはよう。昨日はちゃんと家に帰れた？」

私や八子さんだけでなく、井口さんもいい感じに酒量が増えていた。彼女は方向が同じという八子さんの部下の男性と一緒に帰っていったが、まさか私みたいなことになってはいまいか。

するると、顎《あご》で切り揃えられた綺麗なストレートボブを揺らしながら、井口さんが口元を緩ませた。

「当たり前じゃないですか。駅まで送っていただいて、そこから一人で電車に乗って帰りましたよ。鳥梯さんこそ相変わらずの酒豪ぶりでしたけど、あのあとまさか別の店に行って八子さんを潰したりしてないですよね？」

なぜ、八子さんに潰されたではなく、私が潰した体《てい》で話をしているのだろう。

「そんなことしてないって。ちゃんとあのあと駅からタクシーで帰りました」

嘘だけど。情事を終えてからの駅からタクシーだったけど。

しれっと嘘をつく。もちろん井口さんはそれが嘘とは思わないだろう。

「よかったです。ほら、八子さんって鳥梯さんのことお気に入りみたいですし、今後のためにも優しくしてあげた方がいいのかなって、思いまして」

どうやら彼女の目には、八子さんが私を気に入っているように見えているみたいで、少し前からちょくちょくこういったことを言ってくる。

一体どこでそう思ったのだろう？　私はあんなことになって驚いてるのに。

「だ……大丈夫よ。ちゃんと承知してます」

「本当ですか？　鳥梯さんは仕事に夢中になるとあんまり周りが見えてないから、私としては心配なんですよね」

「そんな……ため息つきながら言わないでよ」

もうどっちが上司でどっちが部下なのか分からなくなってくる。

「それよりも、八子さんから早速内装デザイン案が送られてきてましたよ」

「え。もう?」

早すぎない? と目を丸くする私に、井口さんがデータをプリントアウトしたものを差し出した。

「どれも甲乙つけがたいです。さすが八子さんですね」

「……そうね、本当にクオリティが高いうえに仕事が早いわ」

渡されたデザインを確認しながら、感嘆のため息を漏らさずにはいられなかった。

——昨夜、私とあんなことをしたあと、普通に仕事したってこと? 恐るべし……

八子諄という男は、YAKO《ヤコ》デザインオフィスという空間デザインの会社の社長兼空間デザイナーだ。彼は以前から我が社の社長と懇意にしており、二号店として業務形態の違うカフェを出店した時から内装デザインを担当しているのだ。

元々は住宅街にある落ち着いた内装の一軒家カフェ。そこから都市部に進出し駅などにカフェスタンドを出店したり、ショッピングモールに家族連れをターゲットにした軽食の食べられるカフェを出店するなど、我が社はここ数年でかなり業務を拡大した。そのほとんどに八子さんが関わっている。

かくいう今回も、新しいコワーキングスペース兼カフェを出店することになり、内装デザインを八子さんにお願いすることになった。その新規事業の責任者になったのが私である。

昨日の食事会は新規案件の担当者として関係者を招き、挨拶《あいさつ》を兼ねたいわゆる顔合わせの場だった。それなのに、なぜあんなことになってしまったのか。

彼とは以前にも何度か仕事で顔を合わせているが、当時の私は前任の責任者のサポート役だったので、八子さんと直接話をする機会はほとんどなかった。

もちろん、たまに話を振られることはあったけれど、当たり障りのない会話しかしなかったと思う。現に、その時、何を話したかまったく記憶になかった。

「じゃ、早速ミーティングして、デザインを検討しましょうか」

新規事業を担当する社員を集めて専用ブースに移動し、大きなテーブルに図案を広げた。

一つは白を基調としたシンプルな空間、もう一つはダークブラウンを基調とした落ち着きある空間。最後に木材を多用した温かみのある空間だ。

本当にどの案もそれぞれ素晴らしくて、なかなか意見がまとまらない。それだけ、八子さんのデザインが優れているということだ。

ひとまずコスト面のことを考え、二案に絞った。それを社長も参加する会議に出し、最終的に決定することになる。

ミーティングを終えて席に着きながら、昨夜のことをしみじみ考える。

ここ五年は気楽なお一人様街道まっしぐらな生活だった。一人は慣れると本当に楽だし、彼氏に振り回されることもない。この生活にどっぷり浸《つ》かって以来、恋愛が面倒になっているのは否《いな》めない。

そんな私に、昨夜のような大事件が起こるなんて、誰が予想できただろう。

――自分でもびっくりだし。

八子さんのことは嫌いじゃない。イケメンだし、体は細マッチョでむしろ好みで眼福だった。

仕事の評判もいいし、若くして会社の社長なんかしちゃってるし。そのうえ床上手。そんな人と自分が、まさかああいうことになるなんて、今でも信じられないし、夢だったのではないかと疑ってしまう。

いっそ、ここ数年恋愛もせず仕事を頑張ってきた私に、神様がご褒美《ほうび》をくれたと言われた方が納得できるくらい、あり得ないことだった。

今回のことはあまりにも大きな出来事すぎて、私一人の胸の内に秘めておくことなんかできない。

そう思った私は、仕事終わりに学生時代からの付き合いである友人を呼び出した。

友人のマンションと私のマンションの中間点の駅近くにある馴染みの居酒屋。ボックス席で友人と向き合いながら、私は小声で昨夜の出来事を打ち明けた。

すると、友人、下山田文《しもやまだあや》が堪《こら》えきれないとばかりに噴き出した。

「ぶはははは!!　真白がワンナイトとか、びっくりなんですけど」

「……笑いたきゃ笑うがいいわ……私だってびっくりしてんのよ。自分があんなことするなんて思いもしなかったし……」

白い目で見られるより、笑い飛ばされた方がどれだけいいか。親友の反応に、私はどこかホッとしていた。

文は大学卒業後、調理専門学校に入り、今は実家の洋食店を父親と共に切り盛りしている。文が作る洋食はなんだって美味《おい》しいが、特にオムライスが絶品だ。立ち寄る度にオムライスを選んでしまうくらい、惚れ込んでいる。

文が笑いを収めながら、私に向かって手のひらを向ける。

「いや、ごめん。まさか大学時代、頑《かたく》なに彼氏に体を許さなかったお堅い真白が、そんなことになってて驚いちゃっただけ。いやあ……人って変わるものですな」

「う……。大学の時のことは言わないでよ……あれはあれで結構トラウマだったんだから」

大学時代はそもそもずっと恋人がおらず、四年生になって初めて彼氏ができた。でも、その彼氏が見るからにやる気満々で、何かにつけて私をホテルへ連れ込もうと躍起《やっき》になっていた。そんなことが続いたせいですっかり気持ちが冷めてしまい、すぐ別れてしまった。

そのことがあったせいで、次にできた彼氏とは卒業まで体の関係を持たないことを条件にお付き合いを決めた。でも、いざ卒業してそういう関係になっても、なぜか上手《うま》くいかず、その彼とも長くは続かなかった。

「別にエッチが嫌いというわけじゃないのよ。なんていうのかなあ……してても気持ちいいのかどうかがよく分からなくて」

「真白からそういう方面の話ってあんまり聞かなかったもんね。でも、今回の人はこれまでと違ったってことなんでしょう？」

「そうなの！」

つい興奮して木製のテーブルを叩いて軽く身を乗り出した。それを見て、また文が笑う。

「そんなによかったの？」

「うん……もう、最初から違ってた。キスにとろーんてなっちゃって……気が付いたらホテルに入ってて。流されちゃいけないっていう考えは頭の片隅にあったんだけど、完全に雰囲気に呑まれた……もちろん、それだけじゃないんだけど。相手のテクニックもすごかったし」

「なんかすごそうね……」

「すごかったわ……あんなの初めてだった。びっくりしちゃった」

一晩で何回も達するとか、気持ちよすぎて気を失いそうになるとか。経験が少ない自分には、とにかく驚くことばかりだった。

本当のセックスがこういうものなら、今まで自分がしてきたセックスはなんだったのか。

三十歳にして初めて知ることばかりで、なんだか一晩でものすごく自分がレベルアップしたような気持ちになった。

私が多くを語らなくても、ある程度は想像ができたのだろう。文がごくん、と喉を鳴らす。

「それはかなり……相手がやり手ね。顔は？　イケメンなの？」

「イケメンすぎるくらいよ。しかもスタイルもいいし、仕事もできるし社長だしで……なんか、ダメなところが見つからないパーフェクトな人なの」

「なんだその完璧超人みたいな男は……」

口をあんぐりしたまま文が固まった。その手にはビールの中ジョッキが握られていて、中身はまだ半分ほど残っている。

ここはチェーン展開している居酒屋だ。席にはそれぞれ仕切りがあるものの、店内は人の話し声で溢《あふ》れている。私達くらいの年齢の女性や、仕事帰りのサラリーマンが多いが、みんな、自分達の話に夢中で、こちらの会話は耳に入っていないだろう。だからこそのこの会話なのだが。

「完璧超人みたいな人から誘われたから、思わずＯＫしちゃったのかも……」

「う、うん……まあ私も、もし、そんなすごい人に誘われたら断れるかどうか……好きになるならないは別として、やっぱり興味があるかもしれない」

「イケメンは罪よ……」

女二人、しみじみと頷き合う。

「その人から連絡とかはあったの？」

文がこちらに身を乗り出す。たぶん、その後の私達がどうなったのか気になるのだろう。

「ないよ」

「え。ないの？」

文の顔が一瞬強張《こわば》った。

「ていうか私、携帯の番号を教えてないから」

そう言うと、今度は嘘でしょと言わんばかりに文の目が大きく見開かれる。

「なんで教えてないの⁉」

「だって、仕事の連絡は会社にくるし。個人的な番号はそもそも聞かれてないし」

「えーっ！　その男、なんで番号聞いてこないかな‼　普通聞くでしょ……」

「きっと、あの人にとっては遊びだったのよ。もちろん、私もそのつもりで誘いに乗ったんだけど。お互いいい大人だし、あれは一夜限りの割り切った関係ということでいいのよ」

「……いやあ……それだけで遊びだって判断するのはまだ早いんじゃ……もしかしたら、相手は真白のことが本気で好きなのかもしれないし」

「ないなーい‼　そもそも、そんな人がいきなりホテル行こうとか言う～？　あり得ないでしょ」

笑って否定して、ビールを呷《あお》る。

「じゃあもし、あとから実は好きでした、俺と付き合ってください、とか言ってきたら付き合うの？」

つまみに頼んだ鶏《とり》もも串を手に、文が私の顔を窺ってくる。その顔には、実はその人のことが気になってるんじゃないの、と書いてある。

「いや、本当にないから」

彼と付き合うことを想像してみるが、私の中からときめきは生まれなかった。

――いやあ、ないでしょ。

何しろ八子さんは、普段から女性との距離が近い人だから。

思い返せば最初に会った時からそうだった。


『鳥梯さんていうの？　初めまして、八子です』


彼が売れっ子デザイナーとして名を馳《は》せているのは知っていた。前評判ばかり耳にしていたせいで、イメージが一人歩きしていたところはあったかもしれない。だが、彼を前にした時、まずその容姿に目が釘付けになった。八子さんの顔はすこぶるイケメンだったのだ。芸能人と言ってもすんなり納得できるほど整った顔形と、全身から醸《かも》し出される独特なオーラに圧倒された。

でも八子さんは、まったく偉ぶる素振りもなく、前任者の横にいる私にいち早く気付き、向こうから声をかけてきてくれた。

最初は、下っ端の私にまで気を遣ってくれる八子さんに好感を持った。もしかしたら誠実そうな彼の微笑みに、ときめいていたのかもしれない。

しかし、彼に対する印象は、すぐに変わることになる。

彼の細やかな気遣いは、女性スタッフ全てに向けられているもので、自分が特別なわけではなかったのだ。

『えー、八子さん。私の誕生日覚えててくれたんですか⁉』

『もちろん。千香《ちか》ちゃんのことならなんだって知ってるよ？』

やだあ‼　と照れる女性と八子さんがじゃれ合っている。

内装業を営んでいる顔見知りの女性が誕生日だったらしく、誰より先に八子さんが祝っているのを目撃した。私もその女性とは数回顔を合わせたことがあるが、さすがに誕生日までは知らなかった。しかも、名前で呼んでるし。

——八子さん、業者さんの誕生日も覚えてるんだ……すごい。

それともこの女性が特別なのでは……と考えている最中、別の女性が八子さんに近づいてきた。

『八子さんマメだもんねー。私の誕生日の時も現場に私の好きなガトーショコラ買ってきてくれたし。私が好きだって言ってたの、覚えててくれたんですよね？』

『そう。俺、めちゃくちゃ記憶力いいんで。ていうか、あれだけ何度も言われたらイヤでも覚えるでしょ』

女性に囲まれている八子さんを遠くから眺めながら、彼が親切にするのは私だけじゃない、他の女性にも同じように、もしくはそれ以上に親しく接しているのだと知った。

そう思って眺めていると、八子さんはとにかく女性との距離が近い。

『笠井《かさい》さんの今日の服いいね』

『あっ、依田《よだ》さん!!　この前もらったお菓子すごく美味《おい》しかった。いつもありがとね』

うちの会社に打ち合わせで来た時、顔見知りの社員が通りかかると、八子さんは積極的に声をかけていた。もちろん男性社員にも声はかけるが、私が見る限り圧倒的に女性が多い。中には会話の流れで八子さんを食事に誘っている人もいた。そういう時、彼は一緒に何人か誘って飲みに行ったりしていたと思う。

そういった光景を何度も見ているうちに、勝手に私の中で八子さんのイメージができあがってしまったのだ。

この人は、チャラい、と。

「あの人にとって女性をホテルに誘うなんて、きっとよくあることなのよ。お互いいい年だし、割り切って楽しみましょうっていう……その場の流れみたいなものなんじゃない？」

女性に優しくするのは八子さんの癖というか、元々持っている性格的なもので、特別な意味などないと私なりに理解しているのだ。

「ええー。だからって、気持ちもなく仕事先の女性を口説くようなことしないでしょう？　一応社長なんだし、手当たり次第に取引先の女に手を出してたら、仕事がやりにくくなりそうじゃない」

「そんなものかな……お互いに割り切ってれば、そういうこともあるんじゃない？」

さっきまではセックスがよかったと興奮気味だったのに、付き合うことには後ろ向き。そんな私を、文が頬杖をつきながら眺めている。

「もし相手にとって、あんたが本命だったらどうすんねん……」

「いや、それは絶対ないから」

ワンナイトから始まる恋なんて無理。いきなり告白とかの経緯をすっとばして体を求めてくるような男と恋人になるとか、私には考えられない。まして相手が、常に周囲に女性がわんさかいそうな八子さんだなんて、ないでしょう。

――ワンナイトは一晩で終わり。それでいいじゃない。

あんなことになってしまったせいで、次に彼に会うのが少しだけ気まずいのは確かだけれど、ここは一つ、大人の対応でやり過ごそう。

なんせ自分から仕事を取ったら何も残らないのだから。

## 二

友人に話すことによって、自分の行動に落としどころをつけた私は、まるであの夜、何もなかったかのように仕事をこなしていた。

そして、あの夜から数日後、来るべき時を迎えた。

――あー……そうだった、今日、八子さんが来る日だ……

さすがに、あの夜以来の直接対面となると、若干の気まずさはある。

でも、気にするほどのことはないのかも。

そもそも、相手は私よりも社会人経験の長い大人だし、わざわざ周囲に関係を怪しまれるような言動はしないだろう。

そんなことを考えながら、私は手早く濃すぎず薄すぎないナチュラルなメイクを施《ほどこ》していく。それが終わったら、次は髪のセットだ。慣れた動きで髪を上げると、あの夜八子さんにつけられた痕《あと》が、ほとんど目立たなくなっていることに気が付いた。

なかなか消えなくて、ここしばらくはずっと髪を下ろして通勤していたのだが、ようやく分からないくらいまで薄くなった。

――よかった、消えてきた。

なんとなく、これであの夜のことがリセットできたような気になって、少しホッとする。同時に、ほんの少しだけ残念だと思う自分もいた。

――ま、いいか。とにかく気持ちを切り替えて、仕事行こっと。

耳のラインで髪をシュシュで一つ結びにして、垂れ下がるタイプのピアスをつけたら、準備は完了。

よし、行くぞ、と自分に気合を入れて部屋を出た。

出社して、いつものようにメールのチェックと、返信、新店候補地の不動産チェックなどを片付けているうちに、八子さんとの打ち合わせ時間が近づいてきた。頭はすっかり仕事モードに切り替わっていて、今日やることを順序立てて整理する。

この前もらった内装デザイン案は、社長がいたく気に入ったダークブラウンの案を採用することになった。そこにこちらの要望をいくつか入れてアレンジをお願いする、というのが今日の打ち合わせの目的だ。

約束の時間前にミーティングルームに行き、まずは資料の用意。それから予《あらかじ》め用意しておいた小さいお茶のペットボトルを人数分テーブルに並べる。黙々とミーティングの準備をしていると、開始までにはまだ時間があるにもかかわらず、部屋のドアが開く音がした。

たぶん、井口さんが来たのだろう。勝手にそう思い込んだ私は、まったく疑わず「井口さん？」とドアの方も見ずに声をかけた。

「八子です」

「えっ⁉」

慌てて振り返ると、白いシャツと黒いスラックス姿の八子さんが、ドアから入ってすぐのところで口元を押さえている。明らかに、驚く私を見て笑っているのだ、これは。

「何その、熊でも見たかのような顔」

「……す、すみません……」

「まあ、分からんでもないけど」

八子さんがスタスタと私に近づいてくる。彼が距離を詰める度に、私の心臓がどくどくと鼓動を速めた。

何度も呪文のように平常心、平常心……と心の中で呟く。私達はもういい年をした大人だ。あんなのはたいしたことじゃない。いつもどおりでいいはず。

「体、大丈夫だった？」

「へ？」

「いや、だから体。俺、相当無理させた自覚あるんで」

「……腰は……痛かったです……」

まさか体を気遣われるとは思わなかった。拍子《ひょうし》抜けしたからか、私は素直に腰が痛かったと告げた。

「うわ、ごめん」

八子さんが本気で申し訳なさそうな顔をする。この人がこんな顔をするのを初めて見たかもしれない。

「それなら一言、恨み言でもいいから連絡くれればよかったのに。俺、携帯番号が入った名刺渡してあったよな？」

「……それは、会社の名刺ファイルに入れてしまったので、手元にはありません」

これも正直に話したら、今度はなぜか、ははっ、と苦笑された。

「じゃあもう一枚あげるよ。これは鳥梯さんが持ってて」

言いながら、スラックスのポケットから取り出した財布から名刺を引き抜き、私の前に掲《かか》げた。

「えっと……あの……なぜ……？」

「なぜって、俺と個人的にいつでも連絡がとれるように。ほら」

受け取れよ、と言わんばかりに八子さんが名刺を私の顔に近づけてくる。仕方なくその名刺をもらい、自分の席に置いた。

「それより、鳥梯さんの連絡先、俺まだ教えてもらってないんだけど」

「連絡、先……？」

何を言われているのかが分からない。

私が無言で床を指さすと、咄嗟《とっさ》に八子さんが真顔で「違う」と否定した。

「会社じゃなくて、鳥梯さん個人の連絡先。俺、何度も聞いたんだけど、あなた、全然教えてくれなかったよね」

「え。私？　そんなこと聞かれましたっけ。いつの話ですかそれ」

本気で聞かれた記憶がない。驚く私を見て、八子さんは呆れ顔だ。

「いつって……あの夜何回か聞こうとしたけど、その度に鳥梯さん全部に言葉被せてきたでしょ。意図的にやってるのかと思ってたけど、もしかして無自覚……？」

「ちょ、ちょっと待ってください。思い出します」

八子さんの会話を遮《さえぎ》って、あの夜のことを思い出す。八子さんと会話らしい会話をしたのは、ことを終えてホテルのエントランスからタクシーに乗り込む時くらいだと思うのだが。

「……あ」

断片的にだが、ちょっとずつ記憶が蘇《よみがえ》ってきた。確かベッドでぐったりしている時、隣にいた八子さんが、そんなようなことを言っていた気がする。

『鳥梯さん、れんら……』

『あーっ!!　もうこんな時間!?　すみません、私、帰らないと』

そこから急いで下着をつけている間、ほとんど八子さんの言葉は頭に入らなかった。たぶん、一回目はそこだ。

二回目は、ホテルの部屋を出てタクシー乗り場に向かう時だ。エレベーターの中で、話しかけられた記憶がある。

『鳥梯さん、さっき聞きそびれたんだけど……』

『えっ!?　あ、ごめんなさい、ホテル代ですね！　私の分はもちろんお支払いしますので』

『いや、そうじゃなくて……代金はいいよ』

『えっ。ダメですよそんな！　ちゃんとお支払いします』

『本当にいいって』

払います、いらない。の押し問答が続き、エレベーターの扉が開くと八子さんは私から離れ先にフロントに行き、代金を精算してしまった。

そんなやりとりをしたことを、おぼろげながら思い出した。

——あああ、聞かれてた……！

無言のまま八子さんを見たら、ちょっとだけ笑われた。

「思い出したか。まったく……それにしても鳥梯さん、なんでそんなにクールなの？　こう見えて俺、結構傷ついてるんだけど」

八子さんの口から傷つくなんて言葉が出て、びっくりした。

「八子さんが傷つく……!?　そんなことってあるんですか？」

「あるさ。一応普通の人間なんで。……あ、もう時間だな。打ち合わせ、あと何人来るの？」

話の途中で八子さんがプライベートモードからビジネスモードに切り替わった。それに伴って、私も背筋を伸ばす。

「はい。あと三人来ます」

「分かった。俺の席どこ？」

こちらです、と手で示すと、彼がその席へ移動した。

「飲み物はお茶でよろしかったですか？」

「あー、できれば水がいいかな。なければお茶でもいいよ」

「はい、じゃあ今……」

　水を取りに行こうと背中を向けたタイミングで、腕を掴まれた。えっ、と思う間もなく、じっと私を見ている八子さんと目が合う。

　……いや。彼の視線は私の首筋だ。

「なん、なんですかいきなり」

　首筋を見ていた八子さんが、私を見て口角をくっと上げた。

「痕《あと》、綺麗に消えちゃったね？　せっかくつけたのに」

「……!!」

　咄嗟《とっさ》に彼の手を振り払い、そのまま首を隠す。いけないとは思いつつ、つい八子さんを睨《にら》んでしまった。

「か……からかうの、やめてください！」

「からかってないけど」

　真顔で返してくる八子さんの真意が分からない。もやもやした気持ちのまま、私は水を取りにミーティングルームの外に出た。

　――な……なんなの……!?　今日の八子さん、いつもと違いすぎない……？

　いつもの軽い感じでこの前はごめんね？　とか言ってくると思っていたのに、予想と全然違うから調子が狂う。

動揺を払いのけながら、私は水を取りに冷蔵庫へ向かうのだった。


その後の打ち合わせは、スムーズに進んだ。

基本となる案にこちらからの要望をいくつか伝えると、それならこうするのはどうですか？　なんて、八子さんから更に斬新な提案なんかもあり、予想よりもはるかに素晴らしい図案ができあがった。再度社長のチェックは必要になるが、新規出店を担当するスタッフは全員満足しているようだ。

「八子さん、ありがとうございます。あの図案、きっと社長も喜ぶと思います」

パソコンを閉じ、ケースに収めながら八子さんが微笑む。

「いやー、岩淵《いわぶち》さんは厳しいからなー。こっちが予想してないところでダメ出しされたりとか、過去に何度も経験あるんで、安心しないようにしときます」

八子さんが立ち上がり、ミーティングルームを出る。それを、うちのスタッフ三人がドアの外で見送っている。

責任者の私は社屋のエントランスまでお見送りするため、八子さんのあとに続いた。

「今日はご足労いただきありがとうございました。近いうちにまたご連絡を……」

「鳥梯さん」

ビジネストークで間を繋げていた私の話をぶった切り、八子さんがこちらを見る。

やけに真剣な顔だったので、ビジネストークが吹っ飛んでしまった。

「はい……？」

「これから昼だよね。一緒に食事でもどう？」

「……ひ、る……」

「もしかして弁当持ち？　だったら弁当持ってきて。どっかで一緒に食おう」

弁当があると言って逃げようとしたのに、先回りされてしまった。

「いやあのでも、今の打ち合わせの内容を早く纏《まと》めて社長に報告を……」

「弁当ないってことね？　じゃ、行こうか。昼を食うぐらい岩淵さんも待てるでしょ。……あ、井口さん!!」

なぜか八子さんが、私を超えた向こうの通路を歩いていた井口さんに声をかけた。いきなり声をかけられた井口さんは、こちらを見て目を丸くしている。

「一時間ばかり鳥梯さん借りてくから!!　岩淵さんに聞かれたらそう言っておいて」

「えっ!?　借りてくって……」

この人は何を言ってるんだと思いながら井口さんの反応を窺う。すると彼女は無言で頭の上に両手を持っていき、そのまま大きな丸を作った。思いっきりＯＫのジェスチャーである。

――い、井口さん!!

彼女の反応を見た八子さんが満足そうに微笑んだ。

「これで文句ないだろ。じゃ、行こう」

「いやあの、ちょっと……!!」

八子さんが歩き出したのを見てから井口さんへ視線を移すと、微笑みながら手を振っていた。まるで私が八子さんに連れ出されるのを心から喜んでいるように。

——いやいやいや、私は行きたくないんだって……!!

しかし、ここまできて、やっぱり無理なんて言えない。諦めの境地で、私は先を歩く八子さんのあとをついていくのだった。

食事でもと言っていたが、どこへ行くつもりなのかも分からない。聞こうかどうか迷っていると、八子さんがピタッと足を止め、こちらを振り返った。

「やっと二人になれた」

私を見る八子さんの表情は仕事中と違う。優しい微笑みは同じだけど、そこにほんの少し甘さが加わり、彼のファンが見たらその麗《うるわ》しさに悲鳴を上げそうな極上の笑み。

私もその微笑みの威力に負けそうになるけれど、なんとか理性で押しとどまった。

——うっ……ま、負けない……

「さっきも二人だったじゃないですか……」

「まあね、でも話したいことの半分も話せなかったからさ」

「話したいことってなんでしょうか」

「分かってるくせに。あ、足下に気を付けて」

普段下り慣れている会社の階段であろうと気遣ってくれる。八子さんのこういうところが、きっと女子に人気がある理由の一つなのだろう。

階段を下りきったところで、まだ行き先を聞いていなかったことを思い出す。

「それで、どこに行くんです？」

「ああ、とりあえず鳥梯さんを誘い出すことが目的だったから、何も考えてない」

「ええ」

てっきり当てがあるとばかり思っていたので、少し拍子《ひょうし》抜けした。

「鳥梯さん、あんまり時間とれないだろう？　近場でいいよ。なんなら一階のカフェでも」

このビルの一階には軽食を食べることができるカフェがある。平日は大概、正午を過ぎた辺りからオフィスに勤める社員がぞろぞろやってきて、十分もすればカフェはほぼ満席になってしまう。

まだ正午前だし、今ならたぶんまだ席には空《あ》きがある。

——じゃあ、そこでいい……いや、ダメだ。八子さんとの会話を知り合いに聞かれるのはまずい。

十中八九あの夜の話題なのに、知り合いがいつ来てもおかしくない場所で話すわけにはいかない。

「あの、別のところでもいいですか？　近くにゆったり座れるカフェがあるので……」

「いいよどこでも」

この言い方だと、八子さんにとって場所は二の次らしい。あっさり承諾してもらえたので、とりあえずビルから出る。

それにしても、二人きりで何を話すというのだろう。そのことばかりが頭をぐるぐるしている。

――やだなあ……何言われるんだろう……

背中に重たい空気を背負ったまま、目的地に向かう。

会社から五分くらい歩いたところにある、別のオフィスビルの一階にある老舗《しにせ》のカフェだ。

その店は路地を入ったところにあり、隠れ家のような趣《おもむき》がある。そのせいもあってか、若い人よりも年配の人に人気がある。

最初は私も知らなかったのだが、上司に教えてもらってからたまに利用するようになった。

でもこの時間帯はどこも混み合っているはず。もしかしたら座れない可能性だってある。そのために他の候補も考えておかねば。

「もし空《す》いてなかったら別の店にしますね、すみません。私の都合に付き合っていただいて」

「いーよいーよ、どこだって。それよりも鳥梯さん」

「はっ、はい」

「そろそろ気になっていること聞いてもいいかな。まだダメ？」

はっきり言われてしまい、ひゅっと喉が鳴りそうになった。

――ダメ……じゃない、私もいろいろ聞きたいことはある、んだけど……

今私達が歩いているのは、ビルを出て人がまばらになってきた辺り。ここまで来れば私達の会話を聞かれて困る人も、いないだろう。

「……いいですよ、どうぞ」

承諾したら、八子さんが歩きながら私を見下ろしてくる。

「……八子さん？」

「鳥梯さん、俺のこと避けてない？　もしかして俺、嫌われた？」

「ええ？　き……嫌ってはいないですよ」

「てはいない、というのは、どういう意味？」

私の返事で八子さんの眉間《みけん》に深い皺《しわ》が刻まれてしまった。

――いけない、変な言い方しちゃった。

「嫌いじゃないです！　そうではなくて……ちょっと、あの、どう接していいか分からなくなっているというか……避けているように見えたのならすみませんでした」

この言い方で分かってもらえるだろうか。

相手の反応を窺うと、一応納得してくれたのか彼の眉間《みけん》の皺《しわ》が消えた。

「まあ……それなら理解できるか。なんか、打ち合わせ中も鳥梯さん、俺とあんまり目を合わせてくれなかったからさ」

「……すみませんでした……でも、八子さんにも責任があるんですよ？」

「え。俺？」

素で驚いているところを見ると、まったく自覚はないらしい。

私だってそんなあからさまな態度をとるつもりはなかった。でも、八子さんが私の方ばかり見るのがいけない。あれじゃ他の社員に関係を怪しまれてしまう。バレないためにはそうせざるを得なかったのだ。

「打ち合わせの最中、こっちばっかり見てきたでしょ……！　なのに私も八子さんの顔ばかり見てたら他の人に仲を怪しまれるじゃないですか。だから八子さんの顔をあまり見ないようにしてたんですよ」

「見ないようにって、ひどいな。あの案件の責任者は鳥梯さんでしょう。責任者と視線を合わせるのなんか普通じゃない？　そもそも、なんで怪しまれたらダメなの？」

真顔で聞かれて、一瞬言葉に詰まってしまった。

ちなみに、勤務先はわりと自由な社風だ。社内恋愛も問題ない。でも、取引先の関係者との恋愛となると話は別だと思う。もちろん会社で禁じられているわけじゃないけれど、公と私の区別ははっきりつけた方が仕事もやりやすい……と、私は考えている。

「……ダメっていうか……あ、ちょっとこの話ストップで。着きました」

話している間に目的地のカフェに到着。ガラスのドアを開けて中に入ると、カウンターにいたマスターが「いらっしゃい」と声をかけてくれた。

マスターはおそらく五十代後半から六十代くらい。この店の軽食は、全てこのマスターが作っているのだという。

二人です、と言う前に空《あ》いてる席へどうぞ、と案内された。見れば、まだカウンターも窓側のボックス席にも空《あ》きがある。

「ボックス席でもいいですか？」

「いいよ」

座席はレトロなペンダントライトが天井《てんじょう》からぶら下がり、椅子はワインレッドのフェイクレザーで、木目の美しいライトブラウンの木製テーブルが備え付けられている。ＢＧＭにはジャズが流れ、インテリアとの相乗効果でよりいっそうレトロな空間を演出していた。

一杯のコーヒーとお気に入りの文庫本があれば、半日くらいここで過ごせそう。特に大人、とりわけお一人様にとっては非常に居心地のいい場所だと思う。

席に着くと、八子さんはまず、運ばれてきた水に口をつける。

「先に注文しちゃいましょう。軽食のおすすめはマスター手作りの厚焼き玉子サンドです」

メニューを広げて写真を指さすと、腕を組んだ八子さんが興味深そうに身を乗り出してきた。

「へー、旨そう。じゃあ、俺はそれで」

「私はカフェラテでいいかな」

「……ん？　鳥梯さん飯、食わないの？」

さらっと注文を済ませようとしたのに、気付かれてしまった。

はっきり言おう。八子さんがいると食欲が湧かないのだ。

「あんまりお腹空《す》いてないんで……飲み物だけでいいです。あ、注文お願いします」

八子さんに何か言われる前にアルバイトの女性を呼んだ。八子さんの軽食とブレンド、私のカフェラテを注文し、改めて八子さんと向き合う。

「……さて」

じっとこちらを見ながら、八子さんが微笑んだ。

「あの夜ぶりだね」

「その節は、すみませんでした!!」

とりあえず、八子さんと二人きりになったら謝ろうと決めていた。だからテーブルにくっついてしまいそうなほど頭を下げて謝った。

何に対して謝っているのか、我ながら説明が難しい。でも、あの翌日から、次に八子さんに会ったら謝らなくてはいけないような気がしていた。

そんな私の謝罪を受けた八子さんは、案の定というかやはりというか、目を丸くしている。

「なんで俺、謝られてるの?」

——まあ、そうか……そうなるよね……

体勢を戻し、前髪を直してから呼吸を整えた。

「あの夜のことでその、いろいろ、ご迷惑をおかけしたのではないかと……。正直、私、途中からあんまり記憶がなくて。あ、もちろんタクシーに乗ってからの記憶ははっきりしてるんですけど」

「別に謝るようなことは何もなかったよ。それよりも謝るのはこっちでしょ。ごめんね、いきなりあんなことして」

謝ってくれたことが意外だった。顔はそんなに申し訳なさそうではないけど。

——謝るっていうことは……やっぱり、あの夜のことは遊びだよ、って言いたいんだよね……？

「まあ、はい……びっくりしました」

「腰も痛めちゃったしね」

——それを言うか。

リアルにあの夜のことを言及してくるので、ドキッとした。

「……二晩くらいで良くなりましたから、どうぞお気になさらず」

「それは何より」

八子さんはここで一旦会話を切った。すぐにやってきた女性スタッフが、彼と私の前に注文したブレンドとカフェラテを置いていったからだ。

女性が去ってから二人とも無言でカップに口をつけた。いつもならコーヒーのいい香りとその美味《おい》しさにため息が漏れるはずなのに、今日に限ってはため息も出ない。

——……あ、味がしない……

久しぶりにめちゃくちゃ緊張してる。こんなの転職の時の面接以来ではないか。

「鳥梯さんは、なんであの夜、ＯＫしてくれたの？」

「えっ……」

先にカップをソーサーに戻した八子さんが、じっと私の返事を待っている。

「それは……な、流れと言いますか。ふ、雰囲気に呑まれたと言いますか」

「雰囲気か」

八子さんが口元に手を当て、窓の外を見る。何やらあの夜のことを思い出しているようにも見えた。

「鳥梯さんは、ああいう雰囲気に弱いってことなのかな？」

「そ……そういうわけではないですけど。でも、あの夜は食事会も楽しかったし、お酒も入ってすごく気分が良かったんです。その流れでああなったので、私としてはもう仕方ないかなと」

仕方ない、のところで八子さんがこっちを見た。

「それってどういう意味？」

「え？　だから、きっと八子さんも私みたいに気分が良くなって、そういう気持ちになったから、ああいうことになったのかなーって……」

「確かに気分は良かったけど、それでああいうことをしたんじゃないよ」

八子さんの声のトーンが少しだけ低くなった。

「じゃあ、なんで……」

「そんなの決まってるでしょ。好きだからだよ」

八子さんがブレンドを口にして、カップをソーサーに戻す。

その流れを見つめていた私の頭の中は、とんでもないことになる。

――は……？　好き？　好き……好き？　今、八子さん、私のこと好きって言った？　てことは何、あれはワンナイトじゃないってこと？

「っ‼」

言われたことを理解した瞬間、無意識のうちに口を手で覆《おお》っていた。それと同時に浮かんできたのは、マズい、という焦りだった。

「好きな人と一緒の時間を過ごして、余計好きになって、二人で歩いているうちに欲望を抑えきれなくなった。じゃなきゃ酔った勢いだろうが雰囲気に呑まれてようが、取引先の人とあんなことしないって。これで分かってくれた？　俺はワンナイトのつもりはまったくないってこと」

「……無理です」

「え？」

小声だったのに、八子さんが敏感に反応した。

「八子さんって、普段女性との距離が近いじゃないですか。……私以外にも、きっとそういうことを言う相手がいるんじゃないですか……」

まさかそんなことを言われるとは思っていなかったのだろう。八子さんが「嘘だろ」という顔で、背中を椅子に預けた。

「いやいやいや、待ってくれよ。確かに俺、結構気軽に女性に話しかけるけど、いくらなんでも誰にでもああいうことはしないって」

「そ……それは、そうかもしれないですけど、でも、八子さんが私を好きって言うのは信じられません」

「なんでさ」

八子さんがちょっとだけムッとする。仕事中は見たことがない、レアな表情だ。

「好き……って、わりと簡単に言えるじゃないですか。ラブじゃなくても、ライクでも」

「鳥梯さんに対する俺の好きはライクだってこと？」

「……だと、私は思うのですが」

八子さんが腕を組み、苦笑する。

「ひでえな。どっちかっていうと俺の鳥梯さんへの気持ちは……っと」

ここでタイミングよく注文した厚焼き玉子サンドが八子さんの前に置かれた。食パンの倍はあろうかというぶ厚い玉子焼きがサンドされていて、味を知っているのに目が釘付けになる。

食パンは八枚切りを四枚使用しているので、これだけでもかなり食べ応《ごた》えがあるのだ。

店員さんが去ってから、八子さんがさっきの続きを言おうとした。でも、美味《おい》しそうなサンドイッチが目の前にあるのなら、先に食べてもらいたい。

「話はあとでいいので、先に食べてください」

手のひらを向け、どうぞと勧めたら、何かを言おうとした八子さんが観念したように口を噤《つぐ》んだ。

「食べるけどさ。じゃあ、その間、鳥梯さんの俺に対する気持ちをもう少し詳しく教えて」

「そ、そんな。今話したじゃないですか」

「俺に対する気持ちはまだでしょ。本音を教えてよ」

目の前のカフェラテはまだ半分以上あるけれど、口をつける気になれない。

――本音って……何を言えばいいの。

「私は、その……八子さんのことは、すごく尊敬してます」

「俺が聞きたいのはそういうのじゃないんだけど」

「うっ……」

彼の言いたいことは分かっているつもり。でも、なんて言ったらいいのかが分からないのだ。

言葉に詰まっていると、八子さんがサンドイッチにかぶりついているのが目に入った。

「ん。旨い。玉子焼きがすごくジューシー。ほら、鳥梯さんも一つ食べなよ」

「いえ、私は……」

「食っとかないと午後もたないよ。遠慮すんなって、ほら」

「……じゃあ、お一ついただきます……」

恐る恐る彼の前に置かれた皿に手を伸ばす。一番手前にあったサンドイッチを取ろうとした時、いきなり八子さんに手を掴まれてしまう。

「えっ」

反射的に彼を見ると、さっきよりも視線が熱い。掴まれた手もなんだか熱く感じる。

「俺のことが嫌い？　でも、あの夜はそう思わなかったけどな」

あの夜のことを言われると、条件反射で顔が火照《ほて》る。しかも掴まれている手の力が結構強くて、簡単には放さないという、八子さんの意思が窺えた。

「あの……放してもらえますか。これじゃ飲めないし、食べられないです……」

「俺のことをどう思ってるか教えてくれたら放すよ」

「そんな……」

八子さんが手を握ったまま、人差し指でツー、と手の甲をなぞっていく。わざとだと分かっていても、背中がゾクゾクと粟立《あわだ》つのが止められない。

「ねえ、鳥梯さん。あの夜俺は最高に幸せだったよ。でも、そう思っていたのは俺だけだったのかな」

「……あ、の……」

今度は下腹部の辺りがきゅうっとなって、心臓がドキドキと強く音を立て始める。

——どうしよう……

焦りと困惑で、彼の手に包まれている手の中がじんわりと汗ばみ始めた。

この状況は、私がうんと言えばそのまま付き合おう、って流れかもしれない。でも……正直言って、今はそんな気になれなかった。

八子さんのことは尊敬しているし、これからも一緒に仕事がしたいと思う。でも、それは恋愛感情ではない。

好意を持ってくれて、付き合うつもりでいてくれた八子さんには申し訳ないし、気持ちは嬉しいけど……

八子さんになんて言ったらいいのか。どう言えば彼を傷つけずに気持ちを分かってもらえるのだろう。

「あ……あれは……私の中では、割り切った大人のお付き合いだと思っていたので……」

言われた方の八子さんは、あまり表情を変えなかった。

「大人ね。まあ、そういうのもアリかもしれないけど」

八子さんがふっ、と息を吐いた。

「なら、一晩だけでいいの？　また経験したくない？」

また経験。アレを？　あの夜を？

考えただけで体が熱くなってきた。

「八子さん……!!」

「俺はしたいけどね。何度だって」

ダメ押しの一言に心臓がひときわ大きな音を立てた瞬間、私は照れも困惑も限界に達し、力任せに彼の手から自分の手を引き抜いた。

そのまま目の前にあるカフェラテの残りを一気飲みしてから、お金を払おうと財布を探す。だが、八子さんによって強引に連れ出されたため、財布を持ってきていないことに気が付いた。

スマホは持っているので、電子マネーでなら支払える。でも残念ながら、このお店は電子マネー決済ができない。

——くっ……また顔を合わせる口実とか作りたくないのに……!!

「怒った?」

「……っ、怒っていません。それより、申し訳ありません。財布を持ってこなかったので、代金を立て替えていただいてもいいですか? 必ずお支払いしますので」

「いいって。ここは俺のおごり」

八子さんが涼しい顔でコーヒーに口をつけている。

こっちがこれほどペースを乱されているのに、その落ち着きぶり。一周回ってイラッとしてくる。

「いいえ、そういうわけにはいきませんから! ……すみませんが、私はこれで失礼します」

「何も食べてないじゃん? 少し食べてけば」

「結構です。食欲吹っ飛びましたんで」

「じゃあ、仕方ないか」

どこに笑う要素があったのかがまったく分からないが、なぜか八子さんが笑う。

「……では、お疲れ様でした」

「はい。じゃ、またね」

爽《さわ》やかに見送られてしまい、これにも調子が狂ってしまう。

――ほんと、勘弁してよ……!!

それでもちゃんと会釈《えしゃく》をして、店のマスターにもご馳走さまでしたと一声かけてから店を出た。

別に逃げる必要などないのに、なぜか早足になってしまう。

――もう、もう……!! なんなの、あの人、ほんとなんなの……!?

どう考えてもからかわれている。もちろん、誘いに応じたのは自分だ。だけど、まさか八子さんが私を好きとか思うわけがないじゃないか。

「やっぱりあの人、チャラい……!! 絶対私のことからかってる……!!」

――大体なんで私……? 八子さんなら、他に仲のいい女性なんかいくらでもいそうなのに……

考えれば考えるほど理由が分からない。

帰り道の間ずっとそのことばかり考えたけれど、答えは見つからなかった。

八子さんには食欲が吹っ飛んだ、なんて言ったけど、考え事をしていたらお腹が空《す》いてきた。今からどこかに食べに行く時間も心の余裕もなかった私は、帰り道にあるコンビニでサンドイッチを買って会社に戻る。

食事をしに外出したはずの私がコンビニのサンドイッチを食べているのを目撃し、井口さんが首を傾げていた。

「お昼食べに行ったんじゃなかったんですか？」

席に着くなり、ものすごい勢いでサンドイッチを頬張っている私に、井口さんが近づいてきた。

「……行ったよ。でも、八子さんと一緒だとどうも食欲が湧かなくて。その反動か分かんないけど、別れた途端すっごくお腹が空《す》いたの」

クスッと笑いつつ、井口さんが小さく頷いた。

「あー、なんか分かります。八子さんみたいなすごい人と二人で食事って、緊張しますよね。私だったら絶対無理です」

「八子さんてさあ……うちの女性社員ともよく食事に行ってるよね」

なんとなく口にした言葉に、井口さんがすぐ反応した。

「そうですね。よく女性に囲まれて食事に行きましょうよ、ってねだられてましたね。まあ、八子さんもまんざらじゃなさそうでしたけど、ここ数ヶ月はそういった光景見てないですね」

「え。そうなの？」

「別の案件で一緒に仕事した同期の子が八子さんを誘ったらしいんですけど、なんだかんだ理由をつけて断られたらしいですよ」

「断った⁉　八子さんって女子の誘いを断ることもあるの？」

てっきり誘われたら二つ返事で応じているものとばかり思っていた。

「あるみたいですよ。やっぱりほら、あれだけ人気のある人だから二人きりで行くと誤解されたり、勘違いされたりするんじゃないですか？　八子さんなりに、そこんとこは気を付けてるんでしょうね、きっと」

「へえ……」

——そんなに人気あるのね、あの人……

さすがイケメン。私の知らないところでもしっかり人気者だった。

「でも、あの人絶対に一対一じゃ食事に行かないんですって。必ず男性も誘うそうですよ」

「……え。一対一じゃ食事に行かない……？」

——それってどういうこと。じゃあ、なんで私は誘われたの……？

悶々《もんもん》としていると、井口さんが何かを思い出したように声を上げた。

「あー、そういえば六谷《ろくたに》さんが鳥梯さんのこと探してましたよ。なので、八子さんに連れていかれましたって伝えておきました」

ハムとレタスのサンドイッチをもぐもぐしながら、顔を上げた。

「六谷さんが？」

「はい。今は食事に行っちゃってるみたいなんですけど、驚いてましたよ」

「……そう、分かった。ありがとう」

六谷さんは私が今就いている役職の前任者で、今は出世されて営業部長をしている男性だ。年齢は偶然にも八子さんと同じ三十二歳で独身。外見は爽《さわ》やかですらりとしているので、社内の若い女性から密かに人気があると最近聞いて、驚いたばかりだ。

――確かに結構整った顔をしているけど、一緒に仕事してた時はそんなことまったく意識してなかったからな。それに、私が補佐をしてた時、恋人いたしね。

最近も、会えば会話くらいはする。でも、六谷さんも営業部門の責任者になったことで新人の育成や自分の仕事で忙しくしているので、前ほど接点はない。

そんな六谷さんが、わざわざ自分になんの用があるのだろう。

気になって、午後の仕事に支障が出そうだ。そこで私は、昼食から戻っただろう頃を狙って六谷さんの元へ行く。

「六谷さん」

フロア内にあるドリンクバーでコーヒーを淹《い》れている六谷さんを見つけて、声をかけた。彼はこちらを向くと「鳥梯」と私の名を呼び、穏やかに微笑んだ。

「聞いたよ。八子さんに拉致《らち》されたんだって？」

なんか食事に誘われただけなのに拉致《らち》されたことになってるけど、まあいいか。

「え、あ、まあ……それより、六谷さんが私を探してたって井口さんに聞きました。何かありました？　急ぎの用ですか……」

「ああ、いや、たいしたことじゃないんだ。社長から鳥梯が頑張ってるから、たまには気に掛けてやれって言われてさ。それに俺も、最近の鳥梯を見てて気になることがあったから、ちょっと話でもしようかなと」

八子さんも気さくだが、六谷さんという人も周囲をよく見ていて、気さくに声をかけてくれる人だ。温厚で怒ったところなど見たことがない。だからこうして営業の責任者になっているのだろうし、社内外問わず人望がある。

「……社長に気に掛けてもらえるのは嬉しいですけど、私、疲れているように見えるんですかね？」

半分冗談、半分本気で尋ねてみたら、六谷さんがじっと私の顔を覗き込んでくる。八子さんほどではないが、この人も背が高い。ヒールのある靴を履いた私よりも五センチは高いだろうか。

「うーん、ちょっとね。パソコンに向かってる顔が最近怖いかな？」

「えっ」

思わず顔を手で押さえた。

——私、六谷さんが気になるほど怖い顔をしながら仕事してるの？

自覚がなかった分、その指摘にショックを受けた。だったらその時に教えてくれればいいのに。

「そ……そんなにひどかったですか？」

「いや、ひどくはないけど。でも、少し気になってたから。気晴らしに近々夕食でもどうだ？」

前々から気遣いの人だったけど、部署が変わってからも元部下のことを気に掛けてくれるなんて。

いい上司だな。

「はい。ありがとうございます。じゃあ井口さんにも、声をかけておきますね」

気がかりもなくなり、改めて午後の仕事を頑張ろうと気合を入れ直した。

では。と部署に戻ろうとしたら、六谷さんに「待って」と引き留められる。

「あー、悪い。今回は二人で話したいんだけど、いい？」

「え？　……はい、いいですけど……」

頷きはしたものの、何かいつもと違うと感じた。これまでだったら井口さんだけでなく、六谷さんが指導している若い社員も誘うことが多かったのに。

なんとなく気になりはしたけど、それ以上聞かず部署に戻った。


仕事を終え、途中のスーパーで三百五十ミリの缶ビールの六缶パックを買って帰った。

ちなみに私は、ビールは辛口派だ。以前は苦いのが苦手で甘みがあるものばかり選んでいたけれど、だんだん後味がスッキリしているものの方が好きになってきた。

「これは在庫～」

買ってきたばかりのビールをそのまま冷蔵庫へ。代わりに冷え冷えの缶ビールを一本取り出し、座る前にプルトップを開けて飲んだ。

「くっ……はあ……美味《おい》しい……」

ビールってなんで最初の一口がこんなに美味《おい》しいのだろう。

私はビールを片手にキッチンからリビングに移動し、着替えもせずとりあえずベッドの上に腰を下ろし、しみじみと自分の部屋を眺めた。

築十年のワンルームマンション。部屋はさほど広くないけれど、システムキッチンでバスとトイレが別なのがお気に入りだ。

それにしても濃い一日だった。

八子さんと会っていたのは仕事と昼時でトータル二時間ほどなのに、インパクトがありすぎて半日くらい一緒にいたように思える。

だらだらと部屋着のワンピースに着替え、ほどいた髪を緩く一纏《まと》めにしてクリップで留めた。

ビールを手にしながら、何を食べようかと冷蔵庫の中身を確認する。昆布の佃煮《つくだに》、鰹節《かつおぶし》、ごま。これらの食材を残りご飯に混ぜ込んで、適当な大きさのおにぎりにする。それと市販のぬか床袋の中に突っ込んでおいたキュウリや小カブを取り出し、洗ってカットした。

混ぜ込みおにぎりとぬか漬けという、簡単な夕食ができあがった。簡単で美味《おい》しい、私にとって夕食の定番である。

それらが載ったお皿と一緒にリビングのクッションまで移動して、ぼんやりとTVを眺める。

——八子さん本気なのかな……

まさかあんなことを言われるとは思わなかった。絶対一夜限りの関係と思っていたのに、八子さんに告白されるなんて……

そこでハッとした私は、持っていた缶ビールを床に直《じか》に置いて、急いでバッグに手を突っ込んだ。バッグから出したのは、いつも持ち歩いているカードケース。そこに今日もらった八子さんの名刺を入れてあったのだ。

「どうしようかな……」

連絡先を教えてくれと言われていたが、なんだかんだでそれどころじゃなくなってしまった。次に会う時に教えればいいとは思うけど、八子さんと直接顔を合わせる打ち合わせは、しばらく先になる。

メールで連絡はできるけれど、きっとそれじゃダメ……だろうな。

この先、内装工事が始まれば現地からお互いに連絡を取り合う場合もあるかもしれないし、連絡先を教えておくのはいいかも……って、そういうことじゃないな。

なんとなく、八子さんといつでも連絡が取れる状況になりたくなかった。これまで八子さんは、あくまで仕事相手であり、必要があれば会社から連絡すればよかった。私にとってはそれでじゅうぶんで、彼と個人的に繋がる必要を感じなかった。でも、このタイミングで連絡先を聞かれたということは、仕事で必要だからという理由ではないとさすがに私にも分かる。

——彼と付き合うのは無理だ。……だけど、今後も仕事での付き合いがあるのなら、教えておいた方がいいのかも……

でもやっぱり。だけど、とか。教えるか教えないかでめちゃくちゃ悩んでしまった。けれど、だんだんそんなことを考えているのが馬鹿らしくなってきた。

「あんなことまでしちゃってるのに、何を今更」

連絡先の一つくらいさっさと教えてしまえと、自分の中で何かがふっきれた。

とりあえず八子さんの番号を自分のスマホに登録する。

番号を登録してもらうなら、こっちから電話をかけるのが一番手っ取り早い。勢いをつけるためにビールを呷《あお》ってから、思い切って八子さんに電話をかけた。スマホを耳に当てながら時計を確認すると、今は夜の八時くらい。もしかしたら八子さんはまだ職場かもしれない。

——ま、忙しい人だし、出ない可能性もあるな……

なんて思っていたのに、意外にも三コールもせずに八子さんの声が聞こえてきた。

『はい、八子ですが』

登録していない番号を訝《いぶか》しがるような、普段と違う硬い声。

「あっ…………と、鳥梯です」

八子さんの声の他に、近くで話をしている人の声もする。やはりまだ仕事中なのだろう。

咄嗟《とっさ》に申し訳ない、という気持ちが湧いてきて、用件だけ話してすぐに切ろうと決めた。

でも私が名乗ると、スマホの向こうがなぜか静まり返ってしまった。

——あれ？　もしかして切れた？

「あの……？」

確認しようとスマホを一旦耳から離そうとしたら、慌てたような声が耳に飛び込んできた。

『鳥梯さん⁉』

急に声を張り上げてどうしたんだろう？　と眉をひそめた。

「はい……あの、お忙しいようでしたらまた改めますが」

切ろうかなと考えていたら、被せるほどの素早さで返事があった。

『いや、全然忙しくない。そうじゃなくて、まさか今日連絡をもらえるなんて思ってなかったから、驚いただけ』

「あ、そう、なんですね……あの、これ、私の番号なので、登録しておいていただけますか？　昼間番号をお伝えしようと思ってたんですけど、タイミングを逃してしまったので。……それだけです。じゃあ、私はこれで……」

失礼します。と通話を終えようとしたら『待って』と声がかかった。

『よければもうちょっと声聞かせてよ。もしくはこっちからかけ直そうか？』

電話料金のことを気遣ってくれているのかな？

「それは大丈夫です。……ひ、昼間はその……いろいろすみませんでした。コーヒー代も今度お会いした時に払いますので」

『そんなの本当にいいから。それより、俺と付き合ってくれるかどうかの返事を聞きたいんだけど』

「え」

気が付いたら八子さんの後ろから聞こえていた人の声がなくなった。どうやら別室に移動したようだった。

『俺のことは好きじゃない？』

「……いえ、そんなことはないです」

事実なので、はっきりと伝えた。

八子さんのことは嫌いじゃない。嫌いな人とあんなことしたりしない。

『だったら付き合おうよ』

こっちが何かを言えば、それに対する答えがリズムよく返ってくる。それが八子さんという人だって知ってはいるけれど、今はそれがなかなか厄介だ。

——……つ、付き合うとか、すぐに決められないから困ってるんですけど……

「えっ……と、あの……」

どう返事すれば納得してもらえるかを必死に考える。

正直に話せばいいのかもしれない。でも、恋愛に関しておそらく百戦錬磨《ひゃくせんれんま》の八子さんに、ずっと恋愛をさぼっていたから付き合うとか無理です、なんて言えない。

何か穏便に断る理由はないものかと、考えながら口を開く。

「あのですね、八子さん」

『はい』

「私、今三十歳でして」

『知ってる』

一度深呼吸をして、心を整える。

「この年で失恋すると立ち直れなくなりそうなので、恋愛をすることに臆病になっていると思うんです」

『ほう』

「せ、責任のある仕事も任せてもらってますし……本当に、今失恋するのって私的にすごくキツいんです。できれば経験したくないんです」

『なんで失恋するのが前提なんだ？』

臆病云々《うんぬん》より、八子さんが気になったのはそこらしい。

「……だって、八子さんモテるから。もし私と付き合っても、他に素敵な女性が現れれば、きっとそっちに心が移ってしまうと思うんです、だから……」

素直な気持ちを伝えたところ、なぜか八子さんにため息をつかれた。

『鳥梯さんも大概ひどいな。俺は付き合ってすぐ恋人を捨てて、他に乗り換えるような男じゃないけど。なんか、俺があなたを思う気持ちの大きさを完全に見誤ってるな？』

「……大きさ、ですか？」

『この前の夜、そこらへんをじゅうぶん分かってもらえたと思ってたんだけど、俺の勘違いだったのかな』

あの夜、ベッドで散々囁《ささや》かれた色気を含んだ声が聞こえてくる。

意識したくないのに、こんないい声で囁《ささや》かれたらドキドキしてしまうではないか。イケメンのくせに声までいいなんて、ずるい。

「あ……あの夜は……！　ほら、お酒とかも入ってたし……」

『酒は勢いを借りただけ。それ以外は勢いじゃない。好きだから抱いた』

きっぱり言われてしまい、胸が熱くなった。

――ああもう……本当に八子さんはずるい。

こんなこと言われて喜ばない女なんかいないんじゃないか。私だって女なんだから、八子さんみたいな人に好きだと言われたらそりゃ嬉しいよ。

八子さんが仕事の関係者でなければ、もしかしたら、このままお付き合いをしてもいいと言っていたかもしれない。

――落ち着け私。冷静になれ。

「……ちょっと待ってください。進行中の案件もあるのに、その担当者と恋愛なんてしてしまったら、部下にも示しがつきません」

私は八子さんのことを尊敬しているし、今後も仕事をご一緒したいと思っている。だけど、彼と付き合って、甘い言葉を囁《ささや》かれ続けたら、きっと公私の線引きができなくなってしまう。

『そんなのバレなきゃよくない』

さらっと言われてムカッとする。

——簡単に言うなっ!!

「じょ……女性というのは、男女間の微妙な変化に敏感なんです。どんなに隠そうとしても、見る人が見れば気付くんですよ」

『へー。女性ってすごいな』

ほんとにこの人、自分のこと全然分かってない。

「八子さんだからですよ!? 八子さん、自分がどれだけうちの女性社員から人気あるか知ってます!?」

『人気? 俺が? 別に普通だと思うけど。それがどうしたの』

あっけらかんとした返しに脱力しそうになる。

「どうしたのじゃないですよ! もし八子さんとそういう関係になったら、絶対社内で噂になります……私は、今やっている仕事に集中したいんですよ。初めて責任者として任された案件ですし」

『鳥梯さんは真面目だねえ』

聞こえてくる声がどこか明るい。私の精一杯の気持ちをこの人は一体どう解釈したのだろう。

――絶対今、この人笑ってる……くそ……

「だからですね、せめて今一緒にやってる案件が形になるまで、返事を待ってくれませんか。その間に、ちゃんと考えますから」

自分にできる精一杯の譲歩をしてみた。これでどうにか納得してくれないだろうか。

でも、八子さんはこれには不満のようだった。声が。

『工事が終わるまで保留ってこと？　いいけど……俺、待てるかな。我慢できなくて、また鳥梯さんを襲いそうなんだけど』

「ちょっ……襲うとかやめてくださいよ！」

窘《たしな》めたら、スマホの向こうからははは、と笑い声が聞こえてきた。

『分かったよ、返事は待つ。でもその間、俺のことを避けないでほしい』

「そ、それは……はい」

八子さんが近くに来るとめちゃくちゃ意識するけど、善処しよう……

「じゃ、お仕事中に失礼しました」

『待って。まだ切らないでよ』

二回目の待って、である。

用件は済んだのに、どうしたらいいんだ。

「でもあの……八子さん、お仕事中ですよね？」

『違うよ』

「……え？　ご自宅だったんですか？」

以前、八子さんに確認したいことがあってこのくらいの時間に連絡を取ったことがあった。その時八子さんは事務所にいて、遅い時間に申し訳ない、と謝ったら「こんなの遅いうちに入らない」と笑っていた。

だからてっきり、普段から遅くまで職場にいるものとばかり思い込んでいた。

――なんだ、八子さんも早く家に帰ることあるんだ。

なんて思っていたのに、次の言葉で白目になりかけた。

『んー、自宅みたいなもの？　自分の事務所だし、ここ俺の部屋だし』

「……それは……要するに仕事中なのでは……」

『今は休憩中だから』

「もうっ！　仕事中ならそう言ってくださいよ！　じゃあ切りますから」

今度こそなんと言われようが切る。

『ははっ、鳥梯さんが怒った』

「じゃ、お疲れ様でした」

『はいよ～、おやすみ。電話ありがとう。嬉しかった』

「……っ、お、やすみなさい……」

びっくりした反動で、こっちから通話を終了させてしまった。

だってまさか、最後に嬉しかったなんて言われると思わなかったから。

驚きすぎて、残っていたビールを全部飲み干してしまった。まだおにぎりも漬物も残っているのに。

完全にペースを乱されている。

とりあえず付き合うことに関しては保留となった。でも、この先どうしたらいいのだろう。

——返事か……返事ね……

自分が八子さんと付き合っているところを想像してみるけれど、いまいちピンとこない。私の中でチャラいイメージだったあの人が恋人になるなんて、現実にあり得るのだろうか。

「……もう一缶飲も」

一気飲みしたせいなのか、胸の辺りがふわふわする。

数年ぶりに男性から求愛されるという出来事に、確実に戸惑っている自分がいた。

## 三

新しいカフェの内装デザインが決まり、いよいよ着工となる。

施工《せこう》業者は八子さんの事務所と契約しているところなので、うちとの仕事ももう何度目かになる。

今日は実際に新店舗の場所に赴《おもむ》き、工事担当者と挨拶《あいさつ》を交わした。

出店場所は、商業ビルやオフィスビルが建ち並ぶ街中である。元々飲食店が入っていた物件で駅から徒歩五分圏内なうえ、幹線道路に面したビルの一階という好立地。

——ここ、いい場所だなって思ってたんだよね。周囲はオフィスビルが多いし、そこそこ広さもあるし……

まだ何もないフロアを見回しながら、八子さんのデザインを当てはめてみる。

実際に彼の図案どおりにできあがったら、間違いなく素敵な空間になるはずだ。

胸を躍らせつつ、打ち合わせの帰りに井口さんと昼食がてらカフェに立ち寄った。

他社が経営するカフェだが、通りかかった時に見えたウッディな外観が素敵で、吸い込まれるように中に入ってしまった。店の中もお洒落《しゃれ》で、メニューもパンケーキやフレンチトースト、エッグベネディクトなど女性が好みそうなものが多い。

どれを食べようか井口さんと迷いながら、二人で違うものを注文してシェアしようと決めた。

エッグベネディクトと一番人気だというスフレパンケーキを注文し終えた頃には、店内は女性客でいっぱいになっていた。

「それにしても八子さんの案が形になるの楽しみですね。図面で見ただけでもすごく素敵でしたもん、できあがったら絶対人気が出ると思いますよ」

先に運ばれてきたクリームソーダを飲みながら井口さんがしみじみと口にする。私も彼女の意見には概《おおむ》ね賛成だ。

売れっ子空間デザイナーなだけあって、八子さんの作るものはすこぶるセンスがいいと思う。

「私もそう思う。カフェはカフェで人気出そうだし、コワーキングスペースといい感じに区切られているのも気に入ってる」

カフェとコワーキングスペース。予約を必要とする個室も併設しており、カフェで食事を注文して、その個室で会議をする、なんてことも可能にする予定だ。

企画の段階で私達が希望したことを全て詰め込んだ、理想の空間なのである。

「やっぱりすごいなあ〜……八子さん、うち以外にも担当している案件がいくつもあるみたいですよ。めちゃくちゃ売れっ子じゃないですか」

「ああ、うん……そうみたいだね」

「売れっ子ってことは超忙しいはずですよね？　八子さんって、いつも明るくて元気だけど、体調管理とかしてくれる人いるんでしょうか？」

井口さんが何気なく言ったことを、ふと考えてみる。

「……秘書さんがいるはずだけど……」

いつも打ち合わせで会う時は、大概八子さんは一人でやってくる。でも、確か以前、「うちの秘書が」と言ったのを聞いた気がする。

「秘書さんはもちろんですけど、仕事面だけじゃなくて私生活の方とか気になりません？　食事とかちゃんと取ってるのかなって。なんか、ああいう天才肌の人って食事とか適当に済ませてるイメージなんですよね、あ、これは私の勝手なイメージですけど」

すらすらと井口さんの口から出てくるイメージが、まんま八子さんだったので同意しかない。

「確かに食事ってどうしてるのかな。この前お昼一緒にした時はサンドイッチ食べてたけど……」

私が一口も食べられなかったやつね。

「私が参加した食事会の時は、焼き鳥ばっかり食べてましたね。あと、ハイボール」

井口さんがクリームソーダの上に載っているアイスを食べながら、うーんと首を傾げる。

「……私も家じゃビールばっか飲んでるから、あまり人のこと言える立場じゃないけど、ちゃんと食べてそうなイメージがないわ」

「ですよねー。恋人がいれば食事の世話とかしてくれると思うんですけど、いるのかな？　でも、この前も鳥梯さんをランチに引っ張ってくらいだから、いないのかもしれないですね」

今、私にとってその話は非常に返答がしにくい。

「あ、そうだ。鳥梯さんが八子さんを気に掛けてあげたらいいんじゃないですか？」

「えっ」

井口さんから飛び出した言葉に、思わず飲もうとしていたアイスコーヒーを持つ手が止まる。

――な、何を突然……!?

井口さんは私たちの関係は知らないはず。それが分かっていても、心臓がドキドキしてくる。

「なんで私が……」

「だって鳥梯さんって、八子さんにめっちゃ気に入られてるじゃないですか。いつも鳥梯さんのことばっかり見てるし、ランチにも誘うし。というか、本音を言うと私、八子さんは鳥梯さんのことが好きなんだと思ってます」

「ええええっ⁉　な……なんで‼」

淡々としている井口さんを前に、言われた方の私が赤面してしまう。これじゃ余計に怪しまれてしまいそうだけど、今はそんなことを考える余裕がなかった。

「なんでって……普通に見てれば分かりますけど。まあ、私は普段、鳥梯さんの近くにいることが多いから、余計にそう感じるのかもしれませんね」

「……そ、そうなのね……」

確かに、八子さんを交えた打ち合わせには必ずといっていいほど井口さんがいる。八子さんが本当に私のことが好きで、アピールをしていたというのなら、それに気が付かないほど彼女は鈍くない、ということだ。

「で、そこのところ鳥梯さんはどうなんです？」

じゅーっとクリームソーダを飲みながら、井口さんが私を窺ってくる。

「ど、どうって。別に……八子さんは取引先の人だから……それ以上のことは……」

「そうですか？　私や周りのことは気にしなくていいですからね？」

「え」

「鳥梯さんって、結構周りを気にするところあるじゃないですか」

図星である。

それでも、一応隠しているつもりだったのだが、まったく隠せていなかった、ということか。

「……私、そんなに気にしてるのバレバレ……？」

恐る恐る尋ねてみると、井口さんが困り顔になる。

「ああ、もちろん悪い意味じゃないんですよ。周りをよく見ていて気遣いができるって、いいことだと思うんです。でも過剰に気にする必要はないかなと。自分の気持ちには素直であるべきだと私は考えます。なので、もし鳥梯さんが八子さんに好意を抱いているのなら、そこは遠慮しない方がいいってことです」

真顔でハキハキ話す井口さん。彼女って、本当に年下なのだろうか。

「なんか……井口さんが先輩みたいに見えるんだけど……」

しみじみ彼女を見つめていると、ふっ、と笑われた。

「よく年齢よりも五〜六歳上に見られますね。あまり嬉しくないですけど」

「そんな井口さんは、八子さんのことどう思ってるの？」

そういえば聞いたことがなかったな、と思って聞いてみた。

「私ですかー？　まあ、格好いい人だなあと思います。けど、自分の彼氏だったら大変そうだからイヤです」

きっぱりと言い切った井口さんに、ポカンとしかけた。

大変そうって、どこが……？

「……た、大変、とは……？」

「モテる男の人、苦手なんです。八子さんみたいに顔もよくて経済的にも余裕がありそうな人は、たとえ彼女がいたとしても、あわよくばと寄ってくる女とかいそうじゃないですか」

「た、確かに……」

「私は他の女に狙われてる男なんかイヤですね。特に恋愛に関しては激しさを求めていないので、恋愛相手は顔で選びません。モテなくてもいいんで、私だけを見てくれる人を選びます」

し……真理……!!

「で、鳥梯さんは八子さんのことどう思ってるんですか？」

「あそこまで言っておいて私に振るのかい……まあ……正直いい人だとは思うし、男性として魅力的だと思うよ。でも、八子さんに対して恋愛感情があるかどうかはよく分かんないかな」

正直に言ったら、なぜか井口さんが残念そうな顔をした。

「そうですか。私、鳥梯さんと八子さん、お似合いだと思ってるんでちょっと残念です」

「ええ？　なんでそう思うの」

コーヒーに口をつけ、彼女の答えを待つ。

「私、本当の八子さんは、あんなに社交的な人じゃないと思ってるんですよ。普段の笑顔は一種のサービス的なものだと感じてます」

「サービス？」

聞き返したら、井口さんが無言で頷く。

「八子諄、というキャラクターなのかなって。自分の中に土足で踏み込まれないよう、敢えて明るいキャラを作ってガードしているというか……ま、あくまで私の勘なんですけど」

「ほほう」

「普通の女子は、その明るいキャラに釣られて八子さんに寄っていくんです。でも見る限り、鳥梯さんは仕事以外で近づこうとしなかったじゃないですか」

ビシッ、と言われた。

確かに、これまで八子さんと必要以上には接してこなかった。でも、仕事相手だし、自分ではあまりそういう意識がなかったので、どうもピンとこない。

「そうだっけ？　仕事に慣れるまで自分のことでいっぱいいっぱいになってたからじゃない？　やることが多すぎて、八子さんにまで気が回らなかっただけでは……？」

実際、六谷さんから責任者という立場を引き継いでからというもの、頭の中は常に仕事一色だった。

上司からがっかりされないよう、部下から失望されないよう、私なりに必死だった。ようやく最近、他のことを考えられる余裕が出てきたくらいなのに。

「そういうところを気に入られたんだと思います。キラキラに惑わされない、仕事に一生懸命な鳥梯さんに、八子さんは魅力を感じているのでは？　そういう女性ならば、自分の素を出せると思ったのかも」

「そんなことある？　むしろ自分に近づいてこない変な女だと思われてるんじゃないの」

「いえいえ。八子さんはいつも鳥梯さんを気にしてましたよ。でも、前々回の打ち合わせ辺りからですよね、八子さんが鳥梯さんによく話しかけてくるようになったのは」

彼女の言うとおり、彼が私に急接近してきたのはあの夜の食事会の前辺りだ。

それまでは、有名な人なのに気さくだなと思う程度の距離感だった。だからあの夜、深く考えることなく彼と一緒に帰って、ああいうことになってしまったのだけど。

——そう、きっと手を出されることはないだろうという根拠のない安心感のせいで、逆に意表を突かれてしまったところはあるかもしれない。

思い出さなきゃいいのに、またあの夜のことを思い出して内心ドキドキしてしまう。

「というわけで、八子さんが素を出せる女性が鳥梯さんなのではないかな、という私の推測でした。いかがでしょう」

「何それ」

丁寧な言葉遣いに、プッ、と噴き出しそうになる。

「売れっ子デザイナーであり、モテ男の八子さんに自分の上司が求愛されるのって、なかなかすごいと思うんですけど」

グッと身を乗り出してくる彼女に困惑しつつも、ちょっと笑えた。

「あくまで推測でしょう？　それにしても井口さんがそんなこと考えてたなんて、全然知らなかったよ」

「こっそり観察していたのです」

はあ……とため息をついていると、注文したスフレパンケーキとエッグベネディクトが運ばれてきた。上にホイップクリームが載ったスフレパンケーキは厚みがあって、皿を動かすとふるふると左右に揺れるほどの柔らかさ。エッグベネディクトは一皿に二つ。ポーチドエッグに色鮮やかなオランデーズソースがかかり、添えられたレタスやパプリカのグリルなどのサラダとの色の対比が美しい。

二つの料理を前にして、私も井口さんもごくんと喉を鳴らした。

「どっちも美味《おい》しそうですね……早速いただきましょうか」

「だね……見てるだけですごくお腹が空《す》いてきたわ」

スフレパンケーキは、ふるっふるのぷるっぷるの食感がたまらない。エッグベネディクトは酸味とコクのあるオランデーズソースと、半熟のポーチドエッグの味わいが最高なうえに、軽く表面を焼いたイングリッシュマフィンと合わせて食べた時のマッチングがなんとも言えない美味《おい》しさだった。

「……!!　鳥梯さん、どっちも美味《おい》しいですね!!」

「ほんとだね!!　これ、新しいカフェのメニューに入らないかな……?」

夢中になって食べる。最初、量もあるし、食べきれるかな?　なんて話をしていたのが嘘のようにぺろっと完食してしまった。

「美味《おい》しかった……このお店いいね。気に入っちゃった」

「まあ、うちからしたらライバルですけどね」

井口さんの冷静な突っ込みに思わず笑ってしまう。

すっかりこのカフェに魅了された私達は、お腹も心も満たされた状態で会社に戻ったのだった。


連絡先を教えて以来、夜になると必ず八子さんから連絡が入るようになった。

とはいえ、八子さんも忙しいからなのか『元気?』とか『変わりない?』とか、当たり障りのないやりとりだけで通話は終了する。

でも、一日に一回必ず八子さんから電話があるせいで、彼のことを忘れる暇がない。しかも夜なので、どうしたって寝る前に八子さんのことを考えてしまうのだ。

——もしかしたら、これって作戦なのかな……?

なんだか彼の術中にハマっているような気がしないでもないが、きっと八子さんも仕事中に息抜きがしたいのだろうと思っておく。

もちろん告白されている以上、八子さんとのことを真剣に考えなくてはいけない。だけど、彼を恋人として考えられるかどうか、どうしたってすぐに答えがまとまらないのだ。

ずるいのは自覚している。でも、しばらく今の保留状態でいられないかなと願ってしまう。

そんなある日。

定時を三十分ほど過ぎた頃、もうすぐ仕事が終わりそうだというタイミングで、六谷さんから声をかけられた。

「鳥梯、今夜時間ある？」

聞かれてすぐ、この前の件だと分かった。

「今夜ですか。……まあ、はい」

そろそろビールが切れそうだからスーパーに寄って帰ろうと思っていたのだが、上司から声をかけられたらそっちが優先だ。ビールはあとでも買える。

荷物を纏《まと》めて、六谷さんと一緒にフロアを出て並んで歩く。

六谷さんの下で働いている時はよくこうして一緒に歩いたけど、彼が出世して別の部署に行ってからは二人でどこかに出向くこともなくなった。なんだかとても懐《なつ》かしい気がする。

「食事でいいか」

「はい」

なんだっていいです、と思いつつ返事をした。

二階のフロアから一階に下りるエスカレーターに乗ろうとした時、下から上がってくる人とバッチリ目が合った。

「……八子さん!?」

「え？」

声を上げた私に六谷さんも立ち止まる。

というか、先に私達に気付いてこっちを見ていたのは八子さんの方だった。

エスカレーターを下りた八子さんは、真っ直ぐこっちに向かってくる。手には大きな紙袋を持っていた。

「こんにちは、偶然ですね。二人揃ってお帰りですか？」

気のせいかもしれないが、二人揃っての部分をやけに強調されたような気がする。

「ええ。このあと約束がありまして。久しぶりに一緒に帰るところです」

「六谷さん？」

なんでわざわざそんなことを八子さんに言ってしまうのか。対する八子さんは、口元に笑みを浮かべているものの目が笑っていない。

「約束ですか。もしかして食事を一緒に？」

「ええ、そんなところです」

「へえ……そうなんです？　鳥梯さん」

急にこっちにお鉢《はち》が回ってきて、「えっ⁉」と声が出てしまった。

「ま、まあ……そうなんですけど……でも、仕事の延長みたいなものですので……」

——なんで私、八子さんに言い訳しているのだろう？

弁解するようなことは何もないのに、なぜ。

「仕事の延長ですか……」

八子さんが私と六谷さんを交互に見て、何かを考え込んでいる。

「八子さんは、これから打ち合わせですか？」

六谷さんが八子さんの手にある紙袋に視線を落とす。確かにそれを見る限り、これからどこかに行くと考えるのが普通だ。

「え、ああ……岩淵さんの好きなお菓子が手に入ったので、持ってきたんですよ」

「ああ、社長に‼　それは、ありがとうございます」

六谷さんが丁寧に頭を下げた。それに続いて私も同じように頭を下げた。

てっきり「ではこれで」という流れになると思っていた。でも、違った。

「なんですけど、もしよければ、その食事会、私もご一緒していいですか？」

「え⁉」

八子さんの言葉に、先に声を上げたのは私だ。六谷さんは無言のまま目を丸くしている。

「……八子さんも、ですか？　それは構いませんけど、このあと社長とお約束があるのでは？」

驚きつつも冷静さを保つ六谷さんが尋ねると、八子さんがいえ、と笑う。

「約束はしていないんですよ。ですので、あとから合流してもいいですか？　鳥梯さんはもちろんですが、久しぶりに六谷さんとお話ししたいので」

「そういうことでしたら喜んで。鳥梯は？」

「あ、はい。ぜひ……」

六谷さんに振られて、笑顔で返事をしたけれど、内心は、なんで!?　だ。

——どうしてこんなことになるの!?　六谷さんとちょっと喋《しゃべ》って、ビール買って帰るつもりだったのに……!!

告白の返事を保留している相手と一緒に食事なんて、気まずさしかない。

「ありがとうございます。場所はどちらです？」

「ああ、駅に向かう途中の居酒屋に行こうと思っていまして……」

スマホで店の場所を確認した八子さんが分かりましたと頷く。

「では後ほど」

そう言って、八子さんが極上の笑顔で私と視線を合わせてから、ビルの中へ進んで行った。今の笑顔、何。

なぜか責められているような気になってくる。

「なんか、えらいことになったな」

「は、はい……びっくりしました」

「でも、久しぶりに八子さんと話ができるのは嬉しいな。あ、でも鳥梯の悩みを聞いてやるのは難しくなっちゃったな」

ごめん、と謝られてしまう。

「いえ、大丈夫です。それに、私そんなに悩んでないですよ？　仕事に行き詰まることはありますけどね」

エスカレーターを下り、エントランスに向かって歩いている最中、そうなのか？　と意外そうな顔をされた。

「てっきり何か悩みがあって、あんな顔ばかりしてるんだと思ってたんだが……違うのか」

「プライベートなことがほとんどなので。だから……大丈夫です」

「プライベートか。それって、もしかして恋愛の悩みとか？」

ズバッと聞かれて、すぐに六谷さんを見上げた。その顔には、やっぱり。と書いてある。

「なんか、そんな気がしたんだよな。最近鳥梯、やけに綺麗になってきたしさ」

「えっ、綺麗……？」

綺麗になったと言われて喜ばない女などいない。もちろん私も顔が緩みそうになる。

でも、次の言葉で顔が引き締まった。

「勘だけど、もしかして八子さんが絡んでる？」

「はっ!?」

驚きすぎて心臓が飛び出そうになった。

「いやだって、さっきの。いくら久しぶりに会ったからって不自然だろう。あんなに強引な八子さん初めて見たぞ」

「しっ……知りませんよ!!　ろ……六谷さんと話したかっただけなんじゃないですか」

すっとぼけてはみたけれど、もし、さっきの八子さんの行動が嫉妬からくるものだとすると、全て納得がいく。

「いやあ？　そんなことないと思うけど。どっちかっていうと、八子さんが話したいのは俺じゃなくて鳥梯なんじゃないか」

「そ、そんなことは……」

「いや、それしかないだろ」

なんだかもう、六谷さんの中で完全に私と八子さんに何かあるのは決定事項みたいだ。

——困ったなあ……かといって、今の私と八子さんの状況を六谷さんに説明するわけにはいかないし……

悶々《もんもん》としていると、六谷さんに核心を突かれた。

「もしかして、鳥梯のプライベートな悩みって八子さんか」

「……ち、違います」

「嘘つけ、当たりだろ」

断言されてしまい、何も反論できなかった。

——なんで分かるのよ……それとも私が分かりやすいのか……？

がっくりと肩を落とす。

「だったら俺がいたら邪魔だろう。席、外そうか？」

「えっ……⁉　ま、まままま待ってください‼　そもそも今夜、私が約束していたのは六谷さんですよ‼　居てもらって大丈夫ですので‼」

慌てて引き留めたら、六谷さんが眉をひそめる。

「なんでそんなに必死になってるんだ。付き合ってるんだろ？」

「付き合ってないですよ‼」

ちょっと語気を強めたら、六谷さんが「は⁉」と口を大きく開けた。

「付き合ってないの⁉」

「ないですよ‼」

呆気にとられたような顔をした六谷さんだったが、数秒後。いつもの彼に戻った。

「なんだ……付き合ってないのか。俺はてっきり、二人は付き合っていて、喧嘩でもしてるのかと思ったわ。だから鳥梯の悩みもそのことだとばかり」

気を取り直して再び歩き出した六谷さんの隣に並ぶ。

「違いますよ、もう……」

「じゃあ、俺も諦めなくていいってことかな」

——ん……？

六谷さんの呟きに思考が止まる。

「あの、六谷さん……？」

「付き合ってないんだろ？　じゃあ、俺が鳥梯の恋人に立候補しても問題はないよな？」

「はっ⁉　り、りっこう……⁉」

涼しい顔をしながら言われて、激しく動揺した。

「相手いないんだろう。俺なんかどうだ」

六谷さんが私を見て微笑む。その顔は本気なのか冗談なのかがよく分からない。

「……六谷さんまで、やめてください‼　もう……八子さんのことだけで手一杯なのに」

「なんだ。やっぱり八子さんには言い寄られてたのか」

あっさり白状することになってしまい、自分の顔を手で覆《おお》った。

——しまった……墓穴《ぼけつ》を……

なんで私の周りにいる男性ってこうも口が上手《うま》いのだろう……

がっくりしている間に居酒屋に到着した。幹線道路沿いの道を一本路地に入ったところにある、小さな店。和食が中心だが、どれを食べても間違いないので、これまで賑《にぎ》わっているところしか見たことがない。

そもそもこの店は六谷さんのお気に入りで、彼に教えてもらったのである。

カラカラと引き戸を開けると、まだ客が少なかったので店の端っこにある小上がり席を選ぶことができた。三人以上で来るとその小上がりが争奪戦になるのだ。

「八子さんが来るまでどうする？　俺の隣に座る？」

冗談なのか本気なのか、六谷さんが自分の席の隣をポンポンと叩く。

――六谷さんがこんなことを言うなんて……

別に彼の隣に座るのは問題ない。でも、八子さんが来るまでの間、四人掛けの席に二人で並んで座っていたらあらぬ誤解を抱かれそうだし、何より絵面《えづら》が仲良しカップルのそれだ。

「……いえ、向かいに座らせてもらいます」

「これで八子さんが俺の隣に座ったら笑えるな」

「……ま、まあ……」

それを想像したら、笑うどころか結構いけると思ってしまった。でもこれは秘密にしておく。

「じゃ、とりあえず生中で。鳥梯は」

「私も同じものでお願いします」

六谷さんがジャケットを脱ぎながらスッと手を挙げた。おそらく店主の奥さんと思われるフロア担当の女性がすぐに近づいてきて、オーダーを取っていった。

六谷さんと、このあと来る八子さんと私。この三人でどんな会話をするのか、まったく想像ができない。とりあえず今はビールを飲みたい。それしか頭になかった。

「しかし、意外だったな」

六谷さんが袖《そで》のボタンを外し、何回か折り返して腕まくりをした。

「何がでしょうか」

「八子さんとのことに決まってるだろ。お前、よくあんな色男に言い寄られて靡《なび》かないでいられるな」

信じられないという顔をされて、反射的に目を逸らしてしまう。

――靡《なび》かないどころかもう体の関係まであるんです……すみません……

今すぐ小さくなって消えたい。そんな思いでいると、六谷さんがじっとこちらを見ていることに気付く。

「お前の好みの男ってどんなななの？」

「え。好み、ですか……言われてみるとよく分かってないかもですが……強《し》いて言うなら」

「なら？」

六谷さんが長い指を口元に持っていった。

「あまり自分の意見を押しつけてこない人、ですかね」

「妙にリアルだな」

「まあ……私、結構頑固なところがあるので、喧嘩になっちゃうんですよ」

「へえ。鳥梯って頑固だったのか。でも、なんか分かる感じがする」

クスクスと笑う六谷さんを見ながら、さっき聞いた言葉を思い出していた。

――あれって、本気なのかな？　それとも冗談？

俺なんかどうだ、って軽い感じだったけど。でも、六谷さん、恋人がいたよね？

そんなことを考えながら六谷さんをチラチラ見ていたら、視線に気が付いたのだろう。メニューを見ていた六谷さんが、ふっ、と苦笑した。

「さっき俺が言ったことが気になってるのか？」

笑顔でメニューを私に差し出してくる。

「そりゃ……気になりますよ。あ、私は焼きおにぎりとトマトのサラダでお願いします」

「はいよ。そうか、八子さんだけじゃなく、俺が言っても気にしてくれるんだな」

「はーい、ビールおまちどうさまでーす」

待ちに待った生ビールの中ジョッキ。仕事中から欲していたので、ジョッキから溢《あふ》れそうなほどの白い泡を見つめ感動でフリーズしそうだ。

私がビールに気を取られている間に、六谷さんがオーダーを済ませてくれる。

「そういやビール好きなんだっけ」

笑顔の六谷さんと軽くジョッキを合わせた。早速ビールを一口飲んで、ほうっと息をつく。

「はー、美味《おい》し」

「で、さっきの話だけど。八子さんに言い寄られて困ってるなら、俺と付き合っちゃえば？　そうすれば八子さんを断る口実ができるだろう？」

「ちょっと待ってください……困ってるなんて言ってないですよ」

「そうなのか？　俺はてっきりそうだとばかり」

意外そうな顔をしているけれど、ずっと笑みを絶やさない六谷さんの本心は読めない。

「……戸惑ってる、っていうのが正しいです。あと、六谷さん恋人いましたよね？」

「ん？　ちょっと前に別れたけど」

「そうなんですか？」

さらりと返ってきて、つい持っていたジョッキをテーブルに戻してしまった。

「そう。じゃなきゃ鳥梯にあんなこと言わないよ。冗談でもね」

「……あの、なんで私なんですか？　しかもこのタイミングで……」

私のことを好きだと言うのなら、何も八子さんと同じタイミングでなくたってよかったはずだ。

疑惑の視線を送る私に、六谷さんが「待ってくれよ」と苦笑した。

「そんな目で見るなよ、ちゃんと説明するから。タイミングは……そうだな。八子さんに持っていかれたら困るからかな。なんで鳥梯かという質問はなかなか返答が難しいが、強《し》いて言うなら、俺、仕事を頑張る女性が好きなんだ」

「私だけじゃなく、みんな頑張ってますけど……」

「うん。その中でも、鳥梯は顔が好みなんだ」

――……………どう反応したらいいんだろう。

ずっと上司だった人にこんなことを言われて、気持ちの切り替えが上手《うま》くできない。

「えーと……すみません。六谷さんのことを、そういう目で見られません……」

申し訳ない気持ちで項垂《うなだ》れると、「いいって」と声がかかる。

「その気持ちは分からんでもないから、ゆっくり考えてくれていいよ」

「いやあ……その……上司と恋愛は、ちょっと難しいかなと……」

「クライアントとは恋愛できるのに？　それこそ納得いかないな」

じろりと私を睨《にら》む六谷さんの目には、明らかに不満の色が浮かんでいる。こんな六谷さんを見たことは過去になく、なんだか逃げ場を塞がれたような気がしてしまう。

――ええ……六谷さんにこういうこと言われると、どうしたらいいのか……

注文した料理はまだ来ていないというのに、もう帰りたくなってきた。

「あの……六谷さん……」

「あ。八子さん」

勇気を出して、それ以上はやめてくれとお願いしようとした。しかし、そのタイミングで八子さんが店に入ってきたらしく、口を噤《つぐ》む。

店の出入り口に向かって座っている六谷さんが、すぐ気付いて軽く手を挙げた。それに釣られて私も振り返ると、ちょうどこちらに歩いてくる八子さんと目が合う。

いつもと違いまったく笑っていないところからして、機嫌はよくなさそうだ。

「どうも、お待たせしました」

六谷さんと私と、どちらの隣に座るのかを見守っていたら、八子さんは迷うことなく私の隣に腰を下ろした。

肩と肩が触れ合う距離に八子さんがいる。意識しないようにと思っていても、どうしたって彼を意識して体が縮こまった。

「本当は届け物だけしてすぐ向かおうとしたんですけど、岩淵さんに捕まってしまって」

「急がなくてもよかったんですよ？　それまで鳥梯とのんびり待つつもりでいましたから。なあ？」

「……そうですね……」

急に振られて、かろうじて頷いた。私には、今の六谷さんと二人で長時間待っていられる自信はなかったから。

八子さんが席に着いたのを見計らって、私が注文したサラダと焼きおにぎり、六谷さんが注文した焼き鳥と刺身の盛り合わせが運ばれてきた。そのついでに八子さんがウーロン茶と焼き魚を注文し、一旦店員さんが戻っていく。

——お酒じゃないんだ。

八子さんがアルコールを注文しなかったことに少し驚いた。

「八子さん、お酒は？」

「実は、このあとまた事務所に戻らないといけないんですよ」

「そうなんですか？　相変わらずお忙しいんですね」

八子さん、このあとも仕事があるんだ。じゃあなんで強引に参加したんだろう……？

もしかして、私と六谷さんを二人きりにしないため？　それって、やっぱり、し、嫉妬ってことかな……

考え始めたら落ち着かなくなってきて、そわそわしてしまう。

「おかげさまで。それにしても、久しぶりですね。六谷さんは、今は営業にいると聞きましたが」

「そうなんですよ。といっても私は育成が中心なんですけど。八子さんは変わりないみたいですね。それに外見もほとんど変わらないし」

「いや、中身は確実に老けていってますよ。もう徹夜がキツくて」

男二人の会話を聞くともなしに聞きながら、私の存在なんか忘れてくれていいから、このまま二人で話しててくれないかな、と思う。

そんなことを考えながらビールを飲み、自分の注文したおにぎりを口に運んだ。

「……あ。八子さん、サラダと焼きおにぎりも食べます？　このあとも仕事なら、お腹に溜まるようなものを食べておいた方がいいのでは……？　取り分けますよ」

予《あらかじ》めテーブルの上に置かれていた取り皿を手にしながら、八子さんを窺う。

「え。いいの？　でも鳥梯さんもお腹空《す》いてるでしょ？」

「私はビールも飲んでますし、おにぎりは一つ食べればじゅうぶんですから」

「じゃあ、もらおうかな。ありがとう」

いえいえ、と八子さんの方を見ずに料理を取り皿に載せていく。その時、たまたまこっちを見ている六谷さんと目が合った。

その目がいつもより鋭くて、ビクッとした。

――な……なんで六谷さん不機嫌なの？　八子さんに料理を取り分けてるから？　……でも、この場合致し方ないと思うのだけど……

「ろ……六谷さんも、サラダ食べますか……？」

恐る恐る尋ねたら、さっきまで険しかった目が、嘘のように優しくなった。

「いや、大丈夫。八子さん、焼き鳥と刺身も食べます？　よかったらどうぞ」

だったらさっきのあの目はなんなの……と思いながら八子さんにお皿を渡した。

そのあとは、普通に食事をしながら仕事の話題で盛り上がり、会話は途切れることがなかった。

最初こそどうなるかと思ってヒヤヒヤしたけれど、六谷さんと八子さんが二人で話して、私はたまに相づちを打つ程度。

　これならなんとか最後まで精神が持ちそうだとホッとする。そのうち、注文した料理の皿が全て空《から》になり、飲み物も飲み終わった。もうじき入店して一時間半が経過しようという時、六谷さんがトイレに立った。

　六谷さんがいなくなると、当然私と八子さんの二人だけになる。

「やっと二人になれたね、鳥梯さん」

「……あの。なんで八子さん、ここに来たんですか……？」

　ずっと考えていたことを、聞かずにはいられなかった。

「ひどいな。好きな女性が他の男と二人でいるところを見て、気にならないはずないでしょ」

「別に、六谷さんとはなんでもないんですよ。ただ、仕事の話を……」

「そうかな。六谷さんが、あなたを狙ってるのバレバレだし。俺が来た時なんて敵対心剥《む》き出しだったでしょ？　分かんなかった？」

「ええ？　そこまでは……」

　剥《む》き出しかどうかは分からないけれど、あの時は、ちょうど八子さんが話題に上がっていたからだと思う。本人には言えないけど。

　八子さん、気が付いていないようでしっかり見ている。

「それにしてもさあ……ひどくない？」

八子さんがテーブルに頬杖をつきながら、私を横目で見る。

「ひどいって、何がです？」

思い当たることが何もないので、普通に聞き返した。

「俺が食事に誘った時は、何も食わずに途中で帰っちゃったのに、なんで六谷さんとの食事はいいわけ？」

「はあ？」

最初は冗談かと思った。でも、八子さんの表情に笑みはない。

「え、本気で言ってます……？」

「ごめんね、冗談っぽく言えなくて。でも俺、結構ショックだったんだよね」

「……いやあの、それは……六谷さんは元上司ですし……」

「俺は元上司に負けるのか」

はあ……と項垂《うなだ》れている八子さんを見て、なぜか焦りが生まれた。

根拠はないけれど、なんとなくこの人が本気で落ち込んでいるように見えたからだ。

「ちょ、ちょっと待ってください。負けるとかそういうんじゃないんです。六谷さんとはあくまで上司と部下で、私からすると男性と食事に行くという感覚が薄いっていうか……それに、社長から気に掛けるように言われたって聞いて、それで……」

「必死に説明するところがますます怪しいな」

「信じてくれないんですか」

ムッとしながら隣の八子さんを見ると、私の視線に根負けしたように笑い始めた。

「うそうそ。信じるよ。じゃあ、ちょっとだけ手、握ってもいい？」

「どうしてそうなるんですか……」

「好きな人がすぐ隣にいるのに、触れられないのが辛くて」

——な、なんだそれ……

下を向いて黙っていると、私が許可する前に八子さんに手を握られる。座布団の上にある私の左手を一度ぎゅっと強く握ると、すぐに指を絡めてきた。

——うっ……なんか、これって……

指と指を絡めて繋ぐ、いわゆる恋人繋ぎだ。六谷さんがいつ戻ってくるか分からない状況もあり、なんだか悪いことをしているように思えてしまう。

「あ、あの……すぐ六谷さんが戻ってくるのですが……」

「分かってる。来たら離すから、もうちょっとだけ」

いつの間にか体をこっちに向けていた八子さんが、じーっと私を見つめてくる。そんなに見られたら穴が空《あ》いてしまうのでは……？　と思えるくらい、視線が刺さる。

「俺、今の案件が終わるまで本当に我慢しないといけないの？　結構拷問《ごうもん》だよ」

「だって、仕方ないじゃないですか！　今付き合ったりしたら、仕事に集中できなくなっちゃう……」

「え、そうなの？　集中できなくなっちゃうのか……」

といいつつ、八子さんは笑顔だ。なんでこの人こんなに嬉しそうなの。

「てことは、四六時中俺のことばっかり考えちゃうわけだ？　可愛いなあ、鳥梯さん。俺としては今すぐそうなってほしいところだけど」

「えっ……!!　や、やめてください！　本当に仕事に支障が出ちゃうんで……」

しどろもどろになりながら八子さんを窘《たしな》めたけど、八子さんとしてはまるっきり冗談でもないらしい。急に彼が真顔になった。

「いや、逆にはっきり答えを出した方が、仕事に集中できるようになるんじゃない？　曖昧《あいまい》な状態の方が気になるでしょう」

わりと冷静に言われて、ふと私も考える。

確かに今の宙ぶらりんな状態は、自分でも気持ちが悪いと思う。自分がそうなんだから、八子さんにとってもそうなのかもしれない。

だとしたら彼の言うように、はっきり答えを出すべきなのかな。たとえこの先の仕事がやりづらくなろうとも。

――ここではっきり、お付き合いできませんって伝えよう……

「じゃあ……」

ちら、と八子さんを見て、今の気持ちを正直に打ち明けようと心を決める。ところが、言い出した八子さんの方が私から目を逸らし、大きな手で私の視線を遮《さえぎ》ってきた。

「やっぱ今のナシ」

「なんでですか。今はっきり答えを出せと言ったのは八子さんじゃないですか」

「だって、俺、間違いなく振られるだろ？」

「……」

当たっているので、つい無言になってしまう。

「ほらね」

八子さんがため息をつく。その姿に申し訳ない気持ちが込み上げてきた。

「す、すみません……でも、今すぐ答えを出せと言われたら、やっぱり仕事相手でいた方がいいと思うので……」

「分かった。この案件が終わるまで待つよ。だから、ちゃんと俺とのこと考えて」

「……いいんですか？」

「いい。ただでさえ他の男と一緒にいる姿見てショック受けてるのに、そこに加えて振られたりしたら大ダメージだ。こっちが仕事に支障が出そうで怖い」

真顔で言われて、彼と仕事をする身としては、それだけは避けなくてはいけないという危機感が生まれた。

「や、やめときます!!」

「ごめんね、そうしてくれる」

ちょっと寂しそうな八子さんの横顔に、なぜか胸がざわざわした。

そこへ、六谷さんが戻ってきた。

「お待たせ。……あれ？　なんか雰囲気重くない……？　どうかした？」

妙に勘の鋭い六谷さんに向かって、私は強引に笑顔を作った。

「なんでもないですよ？」

六谷さんが納得したかどうかはともかく、八子さんの仕事のこともあるので店を出ることになった。

食事代を誰が出すかで六谷さんと八子さんが軽く押し問答になったが、結果、ここは六谷さんが払ってくれることになった。

店を出て、私と六谷さんは方向が違うが電車で、八子さんは自分の車で帰るという。

それを聞き、思わず「ええっ」と声を上げてしまった。そんなこと一言も言ってなかったのに。

「元々届け物をしてすぐ帰ろうと思ってたんで、ビルのパーキングに停めてあるんだよ」

「だったらもっと近くの食事処にしたのに。そういうことは早く言ってください」

六谷さんにも窘《たしな》められて、八子さんはすみません、といつものように笑顔で謝っていた。

「じゃあ……鳥梯さん」

「は……はい」

急に八子さんが私の名を呼んだので、ビクッとしてしまった。

「六谷さんにちゃんと家の近くまで送ってもらうように」

「えっ……」

「俺は送ってやれないから」

さっきまであんなことを言っていたくせに、六谷さんに送ってもらえだなんて驚いてしまう。

加えて、送ってやれない。という一言が地味に響いた。

反射的に六谷さんを見たら、彼も同じような反応をしていた。目がまん丸だ。

「じゃあね」

八子さんは軽く手を上げ、私と六谷さんに小さく会釈《えしゃく》してそのまま歩いて行ってしまう。

こちらを振り返りもしないその背中を見ていたら、なんだか胸が苦しくなってきた。

——八子さん、全然こっち見ない……

いつしかその背中は人に紛れて見えなくなった。その様子をぼーっと見つめていた私に、六谷さんが声をかけてくる。

「さて、俺らも帰るか。八子さんに頼まれちゃったし、家まで送るか？」

「……いえ、私は、タクシーで帰ります……」

「そうか」

六谷さんとは駅まで一緒に行き、構内に入る前に別れた。

私は一人でタクシーに乗り込み、さっきの八子さんの背中を思い出していた。

――なんで、こんなに八子さんのことが気になるのだろう……

気になるのは、八子さんの告白に対する返事をしなくてはいけないからだ。

だけど、今日の八子さんはいつもの彼と違った。嫉妬した結果、わざわざ予定を変更してまで私と六谷さんの食事会に参加して、しかも私に振られたら仕事に支障が出るなんて言って。

全部これまで私が見てきた八子さんとは思えない言動だ。

ふと、この前井口さんが言っていたことを思い出した。

彼が八子諄というキャラクターを演じているという説。

もしかすると本当に、普段のあの軽いノリは本来の八子さんとは違うのかもしれない。つまり、私に対しての告白も、軽いジョークなんかじゃなく、本気で真剣に告白してくれていた……？

その考えに思い至ると、今度はドキドキが止まらなくなった。

今までは、どこかでからかわれていると思っていたから、アプローチも適当に受け流せた。けれど、それが事実なら、もうそんなことはできない。

八子さんが囁《ささや》いた言葉の一つ一つが重くのしかかってくる。

――ど……どうしよう。なんでこんなにドキドキするんだろう……

自分のこれまでの言動を思い返して軽く自己嫌悪に陥《おちい》ってしまった。

――これまでみたいな態度じゃダメだ……ちゃんと考えなきゃ。八子さんのこと……

タクシーから夜景を見つめながら、私はそんなことを考えていたのだった。

工事が始まって数日経過した今日は、八子さんを含めた関係者が現場を確認する立ち会いの日だ。

居抜きの物件なので、まずは元々あった天井《てんじょう》や壁を壊すところから始まる。

先に到着した私と井口さんがヘルメットを被り、工事担当者からその辺りの説明を受けつつ、図面と照らし合わせながらチェックしていく。

そんな中、ＹＡＫＯデザインオフィスの男性が一人で現場に現れた。

「お疲れ様です、ＹＡＫＯデザインの甲本《こうもと》です」

ＹＡＫＯデザインという名称を聞くなり、心臓が跳ね上がってしまった。

――び、びっくりした。

これまでこんなことなかったのに。しかも、来たのは八子さんじゃないのに。

自分の中で起きている明らかな変化に戸惑いつつ、男性へ目を向ける。

黒いポロシャツと下はベージュのチノパンを身につけ、いつも黒縁眼鏡を掛けている甲本さんは、八子さんの事務所の副社長である。甲本さん自身は副社長とは名ばかりで、八子さんのアシスタント兼付き人みたいなものです、と言っているのだが、それは謙遜《けんそん》だ。八子さんが以前、自分に何かあれば仕事は全部甲本が引き継ぐ、それくらいできるヤツだ、と言っていた。

長身の八子さんよりも背が高くて、どちらかというと八子さんとは正反対の言葉の少ない穏やかなタイプ。そんな甲本さんは、私や井口さんにはとても接しやすくて、彼を見るとちょっとホッとする。そんな人だ。

「お疲れ様です。あの、甲本さん、今日八子さんは……？」

いつもなら一緒に来るのに、いないのは珍しい。私が彼の後ろをチラッと見ながら尋ねると、甲本さんが申し訳なさそうに頭を下げた。

「八子ですが……実は体調不良で本日お休みをいただいてます。なので、今日は私だけになります。大変申し訳ありません」

「えっ……体調不良って、八子さんがですか？」

「はい。起床時に発熱していて、午前中受診したらおそらく風邪だろうという診断だったそうです。今は熱も下がり体調も落ち着いているようなんですが、大事を取って休ませました。本人は来る気満々だったんで、止めるのに苦労しましたよ」

「来ようとしてたんですか？　な、なんて無茶な」

「あの人は仕事命ですから」

やれやれ……と疲れた様子の甲本さんだったが、私の頭の中は八子さんのことでいっぱいで、彼のそんな様子があまり頭に入ってこない。

——体調悪いって、大丈夫かな……あの人料理とかしなそうだし、家に食べるものとかあるんだろうか……

考え出したら、あっという間に胸にモヤモヤが広がる。気になって、居ても立っても居られなくなった。

——いやいや、ちょっと待て。

八子さんのことだ。きっと気の利く知り合いとかが、いち早く差し入れをしているに違いない。そんな風に自問自答している私を見た甲本さんが、「大丈夫ですよ」と声をかけてきた。

「今朝、電話で話した感じでは普通でしたから。もし気になるようであれば、電話してやってください。鳥梯さんに心配してもらえたら、きっと八子も喜ぶと思いますんで。ああそれより、いっそ様子を見に行ってもらえませんかね？」

真顔で言われて、ちょっと怯《ひる》んでしまう。

「……わ、私が行かなくても、八子さんなら心配して差し入れをしてくれる女性が、いるんじゃないですか？」

「本人が望めば差し入れ持って突撃する女性はいるでしょうね。でも、八子がそれを望んでいないんで。そもそも、熱を出して寝込んでいるのも、私しか知らないし」

「望……んでないんですか？」

「ええ」

——本当に八子さんって……私がイメージしてたのと違いすぎるんだけど。

「見た目があんななんで誤解されやすいですけど、八子って真面目なんですよ。仕事とプライベートはきっちり分けてますしね。女性に対しても意外と一途なところがあるかもしれません」

「え」

一途なの？

「ああ、でも鳥梯さんは別ですよ。会いに行ったら喜ぶと思います」

言われて、思わず無言で近くにいる井口さんを見る。私と甲本さんの会話を聞いていた彼女は、静かに頷いた。

「行っときましょう、鳥梯さん」

「なんで！」

「八子さんって、一人暮らしですよね？」

私の意見は無視して、井口さんが甲本さんに尋ねる。

「ええ、うちの事務所から徒歩三分くらいのところにあるマンションに住んでますよ。場所は～」

「ちょー!!　ま、待ってください!!　まだ行くとは一言も言ってないです!!」

「え、行かないんですか？　八子さん、食べるものとか、飲むものとか、ないかもしれないじゃないですか。そんな状態の人を放っておいていいんですか？　心配じゃないんですか？」

「えっ……いや、よくはない……もちろん心配だけど……」

オロオロしながら井口さんと甲本さんを交互に見る。特に井口さんの圧がすごい。

「じゃあ、仕事でお世話になっているわけですし、ここは担当者でもある鳥梯さんが、代表してお見舞いに行くのがいいと思います」

「お、お見舞い……でも、突然お邪魔なんかしたら、体調も悪いのに困るのでは……」

「大丈夫です。そういった心配は無用です。私が保証します」

なぜか甲本さんに保証されてしまう。

「わ…………かった……行きます……」

「助かります。あとで場所教えますね」

満面の笑みを浮かべた甲本さんが私に一礼して、工事担当者のもとに歩いて行った。

「なんで二人揃って、私に八子さんのところへ行かせようとするかな……？」

「だって、心配じゃないですか？」

「そりゃ、心配だけど……」

でも、内心八子さんのことが気になっていた私にとって、この状況は渡りに船だった。

立ち会い終了後、宣言どおり甲本さんから八子さんのマンションの場所と部屋の番号を教えてもらう。念のため、本当に八子さんに確認を取らないまま行っても大丈夫か、もう一度甲本さんに確認したけれど、笑顔で問題ないと断言されてしまった。

――本当にいいのかしら……

そう思いつつ、頭では何を買っていけばいいのかと悩み始める。

体調によって欲しいものや必要なものは違うだろうし、勝手に判断してあれこれ買っていっても、役に立たなくては意味がない。

そわそわしながら仕事を終え、足早に職場をあとにした。途中で買い物をしていくとして、やっぱり本人に何が必要か聞くべきではないか。

——うん、聞こう。

歩きながら八子さんの連絡先を表示し、タップして耳に当てた。でも、コール音がするばかりでいつになっても八子さんの声は聞こえてこない。

——これは……もしや、相当具合が悪くて寝てるとか……？　甲本さんは心配いらないと言っていたけれど、電話に出ないということは何かあったのでは。

「まさか、高熱で倒れてるとかじゃないよね……」

背筋に冷たいものが流れた。一度考え始めたら最後、頭に浮かんでくるのは悪いことばかりになってしまう。

——い……いやいやいや、怖っ!!　八子さん、お願いだから無事でいて!!

居ても立ってもいられなくなって、スマホをバッグに放り込んだ私は、八子さんのもとへ急いだ。

八子さんのオフィスは、私の職場の最寄り駅から電車で十五分先の駅で降り、さらに五分ほど歩いた場所にある。ちなみに、そのビルは八子さんの持ち物で、ビル内には八子さんの会社以外に、いくつか賃貸契約のオフィスが入っているらしい。

以前から話だけは聞いていたが、実際に見るのは今回が初めてだった。

駅のスーパーで素早く買い物をして、八子さんのオフィスの前に到着。そこは、お洒落《しゃれ》な空間を作る八子さんらしい、お洒落《しゃれ》な真っ白い五階建てのビルだった。

ちょっとレトロな青色のドアとか、真鍮《しんちゅう》のドアノブなど。もしかするとアンティークだろうか、パッと見た時に目を引くものばかりだった。

一階部分がオフィス。その奥にちょっとした仮眠スペースがあるらしく、仕事が忙しい時は、いつもそこで八子さんや社員が休憩していると甲本さんが教えてくれた。

『八子に限っては、月の半分くらいその部屋で過ごしてるんじゃないですかね。今回も具合悪そうなのにそこで休もうとするんで、強制的に家に帰らせたんですよ。まったく……世話が焼ける』

文句を言いながら世話を焼いている甲本さんは、まるで八子さんのお母さんのようだった。

そういう話を聞けば聞くほど、八子さんに対して私が元々持っていたイメージが間違っていたことを思い知らされる。

――チャラくて遊んでて、生活面をお世話してくれる女性が何人もいそうなのに、実は真面目で仕事ばっかりしてるとか……私が想像していた八子さんとは真逆じゃない……

じっとYAKOデザインオフィスを見つめていた私は、深呼吸と共に頭をリセットし、甲本さんに教えてもらったマンションへ足早に向かう。

事前にスマホアプリのマップで確認をしておいたので、八子さんのマンションの位置はおおよそ見当がついている。確かに徒歩で五分かからないくらいの距離だった。

マンションとマンションに挟まれた八子さんの住まいは五階建て。一階にコンビニとドラッグストアが入っているので、利便性は良さそうだ。

——あー、ドラッグストアが入ってたのかー。じゃあこれ、必要なかったかな？

買ってきたのは栄養補助食品とペットボトルに入った飲み物。ドラッグストアに行けば容易に手に入るものばかりだ。

「まあいいか、要らなかったら持って帰ろ」

階段を上がり、自動ドアの向こうにあるエントランスに進む。

ここが八子さんの住まいか。と考えたら急に緊張してきた。と同時に、八子さんの容体が心配なので急がなくてはと焦りが生じる。

「えーっと、部屋番号……」

バッグの中に入れたメモを探すけど、気が急《せ》いて見つけるのに手間取ってしまった。

——もう……っ！　落ち着け私……っ！

ようやく甲本さんに教えてもらった部屋番号と呼び出しボタンを押して、八子さんの反応を待つこと、数秒。

『え、鳥梯さん!?　なんでここにいるの!?』

珍しく慌てたような八子さんの声が聞こえてきた。

「こ、こんばんは……あの、風邪でお休みされていると伺ったので、ちょっとした差し入れを持ってきたのですが……」

『……甲本だな……』

低い声の呟きが聞こえてきた。その声が不機嫌そうだったので、やっぱり来るべきではなかったのかもしれないと後悔した。

「具合が悪いのに、急に押しかけてすみません。やっぱり今日は帰りますね。差し入れはどうしましょうか、必要なければ持ち帰りますし、宅配ボックスとか……」

『いや、大丈夫。入ってきて』

「え……」

返事をしようとしたら、ブツッと通話が切れてしまった。

困惑しているうちに部屋に通じる自動ドアが開いたので中に入る。八子さんの部屋は二階なので、エレベーターは使わず階段で向かうことにした。

でも、いざ部屋に向かうとなると、今すぐにでも引き返したくなって、階段を上《のぼ》る足が重くなる。

顔を合わせるのが気まずい。

それは八子さんのことを意識し始めているからだと、自分でも分かっている。

しかも、いくら周囲に後押しされたからとはいえ、よくよく考えたら、告白の返事を保留にしている相手の家に来るってどうなのだろう。

——あ、ああああ……なんか私、やってることめちゃくちゃだわ……

もっと早くに気が付けよ、と自分で突っ込みを入れる。でも、さっきまではとにかく八子さんが無事かどうかばかり考えていて、他のことを考える余裕がなかったのだ。

——もういいや……体調を確認して、差し入れだけ渡してすぐ帰ろ。

甲本さんに教えてもらったとおり、二階の角部屋を目指す。部屋番号を確認してからインターホンを押そう……としたら、その前にドアが開いて八子さんが姿を現した。

白いTシャツと下は黒のジャージ。きっちりしたいつもの格好と違い、明らかに手入れしていない髪と微妙に伸びた顎髭《あごひげ》に、なぜかドキッとした。

「どうも。まさか鳥梯さんが来てくれるとは思わなかったよ」

入って、と手招きされる。いいのかなと思いつつ、玄関にお邪魔した。

普段よく八子さんが履いている靴が一足置かれているだけの、すっきりした玄関。備え付けの靴箱の上には車の鍵と家の鍵。

——あんまり物を置かないタイプなんだな。

じろじろ見るのもどうかと思ったけど、八子さんの自宅というだけでとても興味が湧く。

「こっち来て」

先に奥へ進んでいった八子さんが、部屋の中から私を呼ぶ。その声にハッとなった。

「あ、あの。私、差し入れを渡しに来ただけなので、ここで失礼します。八子さんは休んでてください」

姿の見えない八子さんに向かって声をかけた。顔を見て無事も確認できたから安心したし、私に構わず早く休んでほしい。

気遣ったつもりなのだが、奥から「ええ?」という声がして、八子さんが玄関に戻ってきた。

「俺なら大丈夫だって。せっかくここまで来てくれたんだし、上がっていきなよ」

「でも……」

「大丈夫、襲ったりなんかしないから。ほら、早く」

「お、襲……っ」

頭の中にあの夜のことが浮かんでしまい、顔に熱が集まってくる。

玄関先でどうしようか考えたけど、そこまで言われてすぐに帰るのもな……と思ったので、少しだけお邪魔することにした。

急いで靴を脱ぎ、玄関を上がってすぐ目の前にある、明かりの点《つ》いた部屋に入る。

思っていたよりも広いリビングは、二十畳近くあるだろうか。部屋の中心に大きなソファー、壁際に大画面テレビとスピーカーがあり、部屋の端にある作業用机の上にはデスクトップパソコンが置かれていた。

ここで八子さんのデザインが作られるのか。

ついつい興味をそそられて、部屋の中から目が離せなくなる。

「ごめんね、あんまり綺麗じゃないけど」

八子さんが大人が三人くらい余裕で座れそうな、大きなソファーの上にあるものを片付けながら謝ってきた。まさか、家で仕事をしていたのだろうか。体調が悪いはずなのに、彼の腕の中には書類とノートパソコンがある。

しかもソファーの近くにある木製のローテーブルには、栄養ドリンクとスポーツドリンクのペットボトルがいくつも転がっていた。

「……もしかして、ずっと仕事してたんですか？」

なんでちゃんと休まないのよ、と若干の苛立ちを込めて尋ねたら、そうでもないと返ってきた。

「時々寝てたよ。実はさっきまで寝てたんだ。だからこんなナリなんだけど」

「……ああ、じゃあ私が電話した時は寝てたんですね」

「え。何、電話くれたの？　気付かなかった。うわ、不在着信数がえげつない」

スマホ画面を見た八子さんが、盛大に顔をしかめている。

「あの、それよりも体調は？　……起きてて大丈夫なんですか？」

「えー？　ああ、うん、まあ。昨夜が一番ヤバくてさ。久しぶりに高熱出てどうしようかと思ったけど、朝になったら熱は下がってたんで」

「そうですか……よかったです。でもまだ無理はダメですよ。あ、そうだこれ、差し入れです」

商品が入ったビニール袋をローテーブルの上に置こうとしたら、八子さんが近づいてきて、私の手から直接ビニール袋を受け取った。

「鳥梯さんが買ってきてくれたの？」

八子さんがビニール袋の中身を覗き込みながら、助かる、と呟いた。

「はい。何がいいか分かんなくて適当に選んだんですけど……」

「なんだっていいさ。こういうのは気持ちだから。嬉しいよ、ありがとう」

八子さんが私を見て微笑んだ。

これまでは、彼の微笑みや優しい言葉は表面的なものだと思い込んでいたので、ドキッとしても特別心が動いたりはしなかった。

でも、今は違う。本当の八子さんは決してチャラ男なんかじゃない。むしろ真面目で、きちんと仕事とプライベートを分けられる人だと知った。

そんな人に嬉しいと言われたらこっちも嬉しい。自然と私まで笑顔になった。

ついでに彼の笑顔にドキドキしてしまうのは、私が明らかにこの人を意識しているからだろう。

「あの、じゃあ、私はこれを届けにきただけですので……」

ドキドキしすぎて心臓が飛び出しそうだ。彼と目が合わせられなくて、軽く会釈《えしゃく》してから帰ろうとすると、八子さんが眉根を寄せた。

「せっかく来たんだからコーヒーくらい飲んでいきなよ」

「いやでも、私がいると八子さんが休めないじゃないですか」

「もう治った。甲本が強引に休めって言うから、仕方なく従っただけ」

「ええ――……そんなの絶対嘘でしょ」

思わず考えていたことが口から出てしまい、ハッとして口を覆《おお》った。

「す、すみません……」

謝ったら、八子さんがたまらないとばかりにクスクス笑い出した。

「いや。鳥梯さんらしくていい。でも、本当に大丈夫だよ。だからコーヒー一杯だけ飲んでって。淹《い》れるから」

「……八子さんが淹《い》れてくれるんですか？」

「俺っていうか、機械が淹《い》れる」

正直な返しに、今度はこっちが噴き出してしまう。

これだけ冗談が言えるなら、体調の方は大丈夫そうだ。

「分かりました、じゃあ、一杯だけ」

お言葉に甘えて、コーヒーをいただいてから帰ることにした。

彼が言ったとおり、コーヒーを淹《い》れるのはコーヒーメーカーだけど、八子さんはわざわざ豆を挽き新しく淹《い》れ直してくれた。

ここのキッチン自体は壁側にある、いわゆるI型というキッチンなのだが、その前におそらく八子さんが自分で設置したと思われる作業台があって、そこにコーヒーメーカーやグラインダーが並んでいる。パッと見ると、アイランドキッチンのようでもあった。

——やっぱり八子さんってお洒落《しゃれ》だなー。センスがいいわ……

部屋の中を眺めていると、次第にコーヒーのいい香りが漂《ただよ》ってきた。

「やっぱり豆からだと香りが違いますね。いい香り」

「うん。それで鳥梯さん」

キッチンでコーヒー待ちをしている八子さんが、ソファーに座る私に話しかけてきた。

「はい？」

「どういう経緯でうちに来ることになったの？　まあ、どうせ甲本の差し金だと思うけど」

——差し金……でも、甲本さんだけっていうのでもないような……

「誤魔化さなくてもいいって。甲本は俺が鳥梯さんに好意を持っていること知ってるから。だから気を利かせて鳥梯さんに差し入れを持っていってもらうよう仕向けたんだと思う」

「え。そ、そうなんですか？」

——こ……甲本さん知ってたの？　それはそれでちょっと恥ずかしいんだけどな……

八子さんが淹《い》れ立てのコーヒーをマグカップに注《つ》ぐ。彼が病《や》み上がりだという事実は一旦置いておくとして、動作だけ見ていると本物のバリスタのように見えてくるから不思議だ。

「ミルクいる？」

「いらないです」

「大人だね」

八子さんの方が大人なのに。と心の中で思いながら、コーヒーの入ったマグカップを受け取った。

「いい香り。八子さんは飲まないんですか？」

「さっきまで飲んでたからもういらない。でも、俺が淹《い》れたコーヒーを烏梯さんが飲んでる光景は、なんかいいいな」

そう言って八子さんが、キッチンの作業台に手を載せた状態でじっとこちらを眺めている。

——の、飲みづらい……

困惑しつつコーヒーを一口飲む。淹《い》れ立ての香ばしい香りと、ほんの少しの酸味。思っていたより苦くない。

「美味《おい》しいですね」

「そう？　じゃあ、今度からコーヒーはうちに飲みにきてよ」

「いやいや。さすがにそれは……」

「俺、本気だけど」

冗談だと思って笑顔でかわそうとしたら、真顔で返されて息を呑んだ。

そのまま数秒、八子さんと無言で見つめ合う。

「……烏梯さんは、まだ俺が本気だってこと分かってない？」

ほんのり口元に笑みを浮かべながら、八子さんが私に尋ねる。

「そ、それは……」

明らかにさっきと目が違う。八子さんが本気の口説きモードに入っていることが分かるからこそ、どういう返事をしたらいいか分からなくなる。

だって、こんなちゃんとした大人の恋愛なんて久しぶりすぎて。

――こ、こういう時って、どうしたらいいの？　過去の恋愛だってこんなにドキドキしたことないから……

視線を下げて困惑してしまう。

「言っとくけど、他に付き合ってる人とかいないから。鳥梯さんとああいうことになる前は、女性と二人で食事に行くこともあったけど、もうない。あなたに誤解されたくないし」

八子さんが私の隣に腰を下ろす。そのまま近い距離で私を見つめてきた。その視線がいつにも増して鋭くて、ドキドキと逃げたいような複雑な気持ちが交差する。

「ちゃんと本気だって分かってもらうために、俺はどうしたらいいかな」

「いや、その……もう、本気は伝わってますので、大丈夫です。あとは私の問題かと」

「鳥梯さんの？　それってどういう問題？」

八子さんの目が丸くなる。

「だから、れ、恋愛するのが久しぶりすぎて……私の中でまだその状況が整ってないんですよ」

「なるほど。大丈夫大丈夫、そういうのは頭で考えるより実際に始めちゃった方が、意外と早く体が状況に順応するはずだから。というわけで、付き合ってみようか？」

――付き合う!!

「ちょ、ちょっと待ってください。そんなすぐには……」

「じゃあ、いつまで待てばいいの」

「いつまでって……それは……」

すぐに決断できない自分が、すごく面倒臭いヤツに思えた。

でも、お付き合いを決断するには何かが足りない気がする。それがなんなのかが自分でもよく分からないから、ここでは返事ができない。

「あ、あの……はい！　一つ聞いてもいいですか」

困った挙げ句に思いついたことを聞こうと挙手したら、八子さんが怪訝《けげん》そうな顔をする。

「いいけど」

「八子さんは、私のどこを好きになってくれたんでしょうか」

「え？　どことというか……まあ、簡単に言うと一目惚れだけど」

あっさり言われて、えっと声を出すこともできなかった。

――や、八子さんが一目惚れ……私に!?

「一目……!?　ええ、いつ、どこでです!?」

「だから最初に会った時だって。六谷さんの下についた時、俺に挨拶《あいさつ》しに来てくれたじゃん。その時からいいなって思ってた」

「そ、その時から……⁉　あれって二年くらい前……ですけど……あれから全然、八子さんそんな素振り見せなかったじゃないですか」

「そんなことないけどね。鳥梯さんが仕事に夢中で気が付かなかっただけじゃない？」

――えええ、嘘でしょ？　私、八子さんにそんな目で見られてたなんて全然……

過去のことを思い出しながら混乱していると、見かねた八子さんが口を開いた。

「まあ、確かに俺も仕事に一生懸命な鳥梯さんの邪魔はしたくないと思って、敢えてなんもしなかったけどね。誘ったこともないし」

「そ……そうですよ！　私、あの夜以前に八子さんから好意を向けられたり、誘われたりしたことなんかないですよ。六谷さんが異動になる前に一度昼食をご一緒したくらいで……」

六谷さんが営業に異動が決まったあと、打ち合わせを終えてそのまま送別会を名目に八子さんと六谷さん、他何人かの社員を交えて食事に行ったことはある。

でもその時は本当に食事だけで、私的な会話をすることもなかった。

私がそのことを口にしたら、八子さんも当時のことを思い出したらしい。

「ああ……あれね。あん時は六谷さんが露骨に鳥梯さんのことガードしててさ。隣にも座れないし、話しかける隙も与えてもらえないしで、なかなかキツかったなー」

「ガード⁉　六谷さんが⁉」

驚くと、少し呆れたような顔をされた。

「気付いてなかったのか。まあ、自然だったしな。気付いたのは俺くらいか」

「す……すみません」

謝ったら、なぜか隣で八子さんが噴き出した。

口元を拭いながら、笑顔で私の方へ体を向けた。

「なんで鳥梯さんが謝るの。それに関してはまあ……俺にも原因があったし、そうなるのは仕方ないからさ。六谷さんも俺に関するいろんなことを見聞きして、こいつはヤバいと思ったんだろうね」

「ヤバいとは……？」

「んー、まあ、女性から誘われることも何度かあったしね。上司としては、そういう男を大事な部下に近づけたくなかったんでしょ。そこに関しては自業自得だしね」

「……八子さんって、寛大ですね」

「いや、会社員だった時はそうでもなかったよ。気に入らないことがあればイライラして、人から聞いた話だとモロ顔に出てたらしいし。でも、独立したらそうも言ってられないでしょ。気に入らないことがあるからっていちいち苛ついていてたら、仕事もらえないし、部下もついてこなくなる」

「……確かに」

「で、話戻るけど。鳥梯さんの好きなところね？　待ってて、いくつか挙げてみるから」

「えっ……」

急にそんなことを言われると、今の今までなんともなかったのに心拍数が上がる。

「そもそも顔が好みだから一目惚れしたんだろうな。俺、垂れ目の女性が好きで」

「え、あ、ありがとうございます」

「あとは……そうだな、六谷さんの横で彼が言っていることを必死でメモしてる姿も可愛かった。なんとかして六谷さんから学び取ろうという姿勢がよかったしね」

「あ、あり……」

「他は……ああ、大事なことを忘れてた。仕事帰りに缶ビール買って帰る姿が格好よかった」

「あり…………はっ!?　ビール!?」

それまでのフワフワした気持ちから、ビールという言葉で我に返った。

なんでここでビールが出てくるのだ。

「え？　え？　あの、私、帰りに八子さんに遭遇したことってありましたっけ……!?」

恐る恐る尋ねたら、八子さんがうーん、と私から視線を逸らした。

「たまたま見かけただけで、声はかけてないけどね。君の会社の最寄り駅の近くに、スーパーがあるでしょ？　あそこからビールの入った重そうなビニール袋を持って出てくる君を見たんだよね」

最寄り駅、スーパー、ビールの入ったビニール袋……思い当たることがありすぎる。

普段は、マンションがある駅の近くのスーパーでしかビールを買わない。

八子さんが私を見たのは、たぶん残業で疲れ果て、電車で帰るのが面倒だった日だ。駅からタクシーを使うつもりで近くのスーパーでビールを買い込んだ記憶がある。

普段は常にエコバッグを持っているのに、その日に限って忘れてしまい、スーパーでビニール袋を購入したのもはっきり覚えている。

よりによって、それを八子さんに目撃されていたなんて思わなかった。

「その姿のどこが格好いいのか、私には全然分かりませんけど」

——むしろ、そんな姿を格好いいと言っちゃう八子さん、ちょっと変じゃない？

「まあ、ギャップにグッときたっていうのが正しいかな。普段真面目な鳥梯さんがあんなに飲むんだっていうのを知って驚いたし。あと、力持ちだなって」

「ビールに関しては、慣れてますから……」

「まあ、そんな感じ？　でも一番は接した時の感覚みたいなもんかな。根拠はないけど、この人となら上手《うま》くやれそうっていうのあるでしょう？　それ」

自分の膝に頬杖をついた八子さんが、私に微笑みかける。

「これで納得してくれた？」

「は、はい……ありがとうございます……」

なんか、私の知らないところでたくさん見ていてくれたんだ。

そのことに驚きはしたけれど、素直に嬉しかった。

「今度は俺のことを……って言いたいところだけど、どうせ俺にはいい印象がなかったと思うので、この話は終了でいいかな」

自虐《じぎゃく》的な八子さんに、今度は私が噴き出した。

「もう、何を言って……」

「じゃあ、付き合うってことでいい？」

さっさと結論に持っていこうとする八子さんに苦笑してしまった。

「あのー……この前、居酒屋で案件が片付くまでは待つって言ってくれたじゃないですか。その話はどこへ……？」

八子さんがしまった、という顔をした。

「ああ、まあ……待つけど。その間も口説くくらいはいいでしょ？」

「口説くって……」

この人と会う度に毎回こういうことになるの？　それは、私の心臓がもたないかも。

「仕事面で、今後の俺との関係性を気にしてるのかもしれないけど、俺、公私混同しないから。それに、返事を待っている間に他の男に取られたら困るし」

「ほ、他の男の人なんていませんよ！」

「六谷さんは？」

ズバリ指摘されて、ぐうの音《ね》も出ない。

「俺から口説かれるのは、迷惑かな」

八子さんからのアプローチを迷惑だなんて思っていない。

迷惑ではなく、むしろ……

本当は、八子さんのことを意識し始めている。だけど、経験不足とか、ブランクとかが邪魔をして、あと一歩が踏み出せないでいるのだ。

「本当に迷惑だなんて思っていません。そうじゃなくて……」

「じゃなくて？」

早く答えをくれという八子さんの視線が痛いくらいに刺さる。

――どうしよう……上手《うま》く説明できる気がしない。

「あんまり上手《うま》く説明できそうにないですけど、いいですか？」

「いいよ」

あっさり言われて、私は持っていたマグカップをテーブルに置いた。

「……最初は本当に……八子さんは遊びというか、一夜だけの割り切った関係のつもりで誘ったんだろうと思ってたんですよ。だから私も、そういうつもりで応じたので、まったく付き合うとか考えてなかったんです」

「そっか」

正直な私の気持ちを知り、八子さんが真顔になる。真顔だけど、どこか寂しそうに見えてしまい、気付けば私は、自分の行動をフォローすべく言葉を続けた。

「や、八子さん、見た目そんなんだし、絶対女性に人気あるじゃないですか！」

「見た目そんなんて、どんなんよ」

若干八子さんが引いている。

「そりゃ、イケメンで長身で、女性からモテる要素をたくさん持ってるってことです！　と、とにかく!!　そんな人が私に本気になるとか思わなかったんですよ。……でも今は、八子さんが本気だってちゃんと分かってます。でもだからこそ、どうしたらいいのかが分かんなくなっちゃって、と、戸惑っているんです。これまでの人生で、八子さんみたいな人に好かれたことないので」

「……好かれたことない？　いや、あるでしょ。過去に恋人の一人や二人いただろうに」

「い、いましたけど。八子さんみたいな外見もキャリアもキラキラした人じゃなくて、もっと普通な、友達から発展してそのままお付き合いする、みたいな？　だから……」

話の途中くらいから、八子さんの顔からスッと笑みが消えていった。そのことに不安を覚える。

「キラキラか。俺、自分がそんなにキラキラしてるとは思わないけどな。顔は持って生まれたものだし、キャリアは自分なりに努力して得たものであって、俺にとっては日常の延長線上にあるもの。だから、別に特別でもなんでもないんだよ」

真顔で淡々と喋《しゃべ》る姿は、いつもの八子さんとは違う。でも……

「ごめんなさい。私が言いたかったのは、そういうことではないんです」

「ああ……大丈夫、分かってる。表向きはそう見えてたってことだろ？　もちろん、そう見せてるのは俺だからね、ちゃんと自覚はしてるよ」

「……キラキラ、嫌いなんですか？」

おずおず尋ねたら、八子さんがクスッと笑う。

「嫌いというか、あれはビジネスを円滑に進めるために敢えてそうしているスーツみたいなものなんだ。だから嫌いとかそういうんじゃない。ただ必要で身につけているだけのものかな」

八子さんがここまで素で自分のことを語ってくれるとは思わなかった。

私はテーブルに置いたマグカップに手を伸ばし、一度コーヒーで喉を潤《うるお》す。

「……話、戻していいですか？」

「ああ、ごめん。脱線しちゃったな」

そう言った八子さんが立ち上がり、キッチンの冷蔵庫から水のペットボトルを取り出し、そのまま口をつけて飲み始めた。飲み終えると私と視線を合わせ、続きをどうぞ？　と言わんばかりに軽く首を傾げる。

「……私、これまではキラキラした八子さんしか知らなかったので、お付き合いすることはないと思ってました。でも、今は、そうじゃない八子さんのことをもっと知りたいし、興味……があります。って、すみません」

さすがに失礼だったかもしれないと、自分の言ったことを後悔して咄嗟《とっさ》に謝った。

「謝ることないよ。というより、むしろ俺に興味を持ってくれてて嬉しいよ」

手に持ったペットボトルを左右に揺らしながら、八子さんが私に微笑みかける。

——体の関係はあるのに、興味を持っただけで嬉しいだなんて。なんか変な感じ……

「そう思ってもらえるなら、それでいいです」

「それでいいって。鳥梯さんは相変わらずクールだね。でも、俺はあなたのそういうところも気に入ってるんだけど」

八子さんがペットボトルを手に、私の隣に戻ってきた。ほんの数センチ隣に八子さんがいると思うと、やっぱりどうしたって緊張するし意識もする。

——もし、このまま彼に押し倒されたら……私、拒《こば》めるかな……

緊張のあまり体をカチカチに固めていると、八子さんがたまらない、とばかりに噴き出した。

「そんなに固くならなくても大丈夫だよ。さすがに病《や》み上がりの身で襲ったりしないから」

「……いやあの、そんなことは……」

「誤魔化したってダメ。分かるから」

ははは、と軽やかに笑い飛ばされると、だんだん恥ずかしくなってきた。

——自意識過剰とか思われてない？　もう、やだ……！

テーブルに置いていたマグカップに手を伸ばして、残っていたコーヒーを一気に呷《あお》った。

「っ……、ご、ご馳走さまでした……!!」

「なんで一気飲み？　おかわりいる？」

「いらないです、もう帰りますので」

マグカップを持ってキッチンに移動する。シンクにカップを置いて洗おうとすると、八子さんに止められた。

「いいよ。あとで俺がやるから置いておいて」

「そういうわけにはいきません。八子さんこそゆっくりしていてください。もし何かやることがあれば、やって帰りますよ」

「いや、いいって」

「遠慮しなくてもいいのに」

シンクにあった他の洗い物も、ついでに全部片付けた。手をタオルで拭き、振り返ると、すぐそこに八子さんがいて、小さく肩が跳ねる。

「びっくりした。いるならなんか言ってくださいよ」

「いるよ」

「遅いです」

八子さんがなぜか困り顔で額を押さえる。

「あのさ。なんで急に世話焼いてくれるの？」

「え？」

「この前まで俺のこと避けてたのに。もしかして、ちょっとは期待していいのかな？　俺」

「えっ……」

声は出たけど、そのまま息が止まりそうになってしまう。

期待が籠《こ》もった目で見つめられると、それに答えなければいけないような気がしてくる。

「いやそれは……八子さん、病《や》み上がりだから……無理させちゃいけないなって」

「まあ、それもそうか。そのために来たんだもんな」

はっ、と自嘲《じちょう》気味に笑われる。そんな八子さんの顔を見ると、返事を待ってもらっているという罪悪感で胸が痛んだ。それに、やっぱりいつもよりも顔色が悪い。時折咳をしているところからして、まだ本調子でないのが丸分かりだ。

とにかく今は、この人の手助けがしたい。自然とそう思った。

「洗濯物とか溜まってません？　よかったら私……」

「いや、いいから」

全部言う前に拒否されてしまう。

「でも、やっておけば、八子さん楽じゃないですか……」

「本当にいいから。それとも、鳥梯さんがうちに泊まって俺の世話してくれるの？」

「え……いや、それはっ！」

「俺は構わないよ。実際助かるし……どうする？」

にやりとする八子さんを見つめたまま、声が出せなくなる。

ここに泊まり込んで世話をするなんて、考えただけでも緊張するし、今の私には絶対無理だ。

「す、すみません。出しゃばりすぎました。恋人でもないのにそこまでされたらイヤですよね。私の考えが足りなくて不快にさせてしまい申し訳……」

「違うから。そうじゃなくて」

今度は強めの否定がきた。なのに困り顔になっている八子さんの真意がよく分からない。

私が困惑したまま固まっていると、八子さんが観念したようにため息をつく。

「……だからさ、このままだと鳥梯さんに手を出しそうだから、今日はもう帰った方がいいよ、ってこと」

言葉よりも何よりも、熱の籠《こ》もった眼差しにドキッとした。それから言われたことを理解して、一気に恥ずかしさが込み上げてくる。

「……っお、襲わないって……」

「自分で言った手前、さすがに我慢するけどさ。弱ってる時に好きな女性がお見舞いに来てくれて、甲斐甲斐しく世話を焼こうとしてくれたら、普通の男ならたまらなくなるでしょ」

「え、あ……」

はっきり言われて、ようやく状況を理解した。ここで私を帰そうとするのは、八子さんの誠意と優しさだ。

「気を遣わせてごめんなさい」

自分の至らなさに申し訳なくなってくる。自己嫌悪から謝ると、八子さんが私の前髪にそっと触れた。

「それとも、襲わせてくれるのかな」

前髪を指で整えながら、一瞬だけ八子さんの表情が雄《おす》っぽくなる。それを目《ま》の当たりにした私の背中が、ゾクッと震えた。

——ス、スイッチを入れてはいけない……!!

「分かりました。……帰ります」

ソファーの上に置いてあった自分の鞄を取りに行く。肩にかけてから玄関に向かおうとすると、後ろから八子さんがついてきた。

「来てくれてありがとう。驚いたけど、嬉しかった」

「い、いいえ……こちらこそコーヒーご馳走さまでした」

「どういたしまして。今度はちゃんともてなせる時に来てよ。いつでもいいから」

それになんと返事をしたらいいか思い浮かばなくて、とりあえず会釈《えしゃく》して靴を履き、玄関のドアを開けた。

最後の最後で、お礼とか嬉しいとか言うの本当にやめてほしい。

めちゃくちゃ嬉しいじゃないか。

玄関を出てドアを閉めた瞬間に緊張が解けて、深く息を吐いた。

——……き、緊張した……

お見舞いに来ただけなのに、こんなに体力を使うなんて、初めての経験だ。

でも、それだけじゃない。

思っていたより八子さんが元気でホッとしたし、久しぶりに男性の部屋に入ってドキドキした。

何より、緊張したけど、八子さんと二人でいる時間が思った以上に楽しかった。

それに八子さんがあんなに喜んでくれるとは思わなかった。

私がコーヒーを飲む姿をじっと見ていたり、口説かれたり……彼に求められていることを嬉しいと思うようになっていた。

——この前まで気まずさしかなかったのに……

それもこれも相手が八子さんだからなのかな、と。

帰宅するまでに辿《たど》りついた答えは、それ以外に見当たらなかった。

なんだかんだ理由をつけて返事を保留にしてもらったけれど、もしかしたらもう答えは出ているのかもしれない。

この夜、それを自覚することになった。

## 四

八子さんの家にお見舞いに行ってから数日後。

今日は内装工事関係の打ち合わせで、八子さんが会社に来ることになっている。

――八子さんが来るのか……

考えただけで胸がドキドキする。

あの日以来八子さんとは会っていないし、電話もしていない。そのせいもあって、今日は朝から頭の中が八子さんで埋め尽くされている。

――この年になって体から始まる恋とか……あり得ないと思ってたんだけど……

でも、ここのところずっと考えているうちに、大人だからこそ体から始まる恋もアリなのかもしれないと思い始めた。

これがもし、お互い二十歳そこそこだったなら、勢いで体の関係だけ持っても、そのまま終わっていたと思う。でも、今のある程度恋愛というものを経験してきた大人だからこそ、この関係に思うこともあるわけで。

だって体の関係って、実は恋愛において、とても大事だということを経験で知っているから。

最初から体の相性はクリアしているわけだし、あとは自分の気持ちだけ。そう考えたら、別にこれまでとなんら変わらない普通の恋愛だと思えるようになったのだ。

なのに……

八子さんが体調を崩してから、連絡先を教えて以来ちょくちょく来ていたメッセージや電話が来なくなってしまったのだ。

体調が悪いのだから仕方がないと思う反面、来ていたものが急に来なくなるのは、なんとなく日常にぽっかりと穴が空《あ》いたように感じる。

まさか、返事を先延ばしにしたせいで、八子さんの気持ちが離れてしまったのだろうか。

――散々八子さんのことを拒否し続けたくせに……調子いいな、私……

長い間、恋愛から遠ざかっていたツケが、今になって回ってきているようだ。

とにかく、まずは返事を待ち続けてくれた八子さんに、ちゃんと気持ちを伝えなくては。

それで上手《うま》くいったら、八子さんとお付き合いすることになるのか。

――お付き合い……何年ぶりだろう。私、ちゃんとやっていけるのかな……

そこでふと、頭の片隅にあった六谷さんのことを思い出す。

そういえばこっちもあったんだ、と頭を抱える。

自分の中で、六谷さんはあくまでも上司であり、悩み事などを相談できる貴重な先輩社員だ。私にとって大切な人ではあるけど、彼と恋愛関係になりたいという気持ちは私の中にない。

それをはっきり伝えないといけないと思っているのに、このところ六谷さんが多忙でなかなか二人で話すチャンスが得られないでいた。

出社してフロアに入り、すぐ壁にある社員のスケジュールが書かれたボードをチェックする。

――六谷さんは出張中か。

その後有給休暇を挟み、出勤するのは来週とあった。

こんなことならあの夜、はっきり六谷さんに気持ちを伝えるべきだったと感じて、気が重くなった。

電話で伝えればすぐかもしれないけれど、六谷さんにはちゃんと直接自分の気持ちを伝えた方がいい気がしていた。となると、彼が出勤するのを待つしかないだろう。

――まあなんとかなる。

私は強引に気持ちを仕事に持っていった。


新店舗の工事は順調に進んでいた。今日の打ち合わせでは、クロスなど内装の細かいところを決めることになっている。

私は、いつものミーティングルームに水と資料を準備し、八子さんを待っていた。

大概八子さんは打ち合わせの十分前にやってくる。

ここで返事をするのは難しいとしても、約束を取り付けることはできるはずだ。そう思って、ドキドキしつつ二十分前から準備をしていると、案の定、約束の十分前に受付から来社の連絡があった。

しかし、急いでエントランスへ行ったものの、八子さんは社長に挨拶《あいさつ》をしに行ってしまったらしく姿はなかった。

――なんだ……

勢い込んでいた分、肩透かしを食らった私は、ミーティングルームに戻って水で喉を潤《うるお》す。

八子さんに会ったら、まず体調はどうか聞かなくちゃ。それから予定を合わせて……

考えながら水を飲んでいると、いきなりドアが開いて八子さんが姿を現したので、水を噴き出しそうになる。

「あ、ごめん。飲んでる途中に申し訳ない」

「…………い、いえ……大丈夫です」

口元を拭いつつ八子さんを見ると、この前よりも顔色がいい。肌つやも元に戻っていて、調子を取り戻したことが窺えた。

「顔色がいいですね。体調が戻ったようでよかったです」

「うん。おかげ様で。やっぱ人間は寝ないとダメだな。あのあと丸一日寝たらすっかり良くなったよ。その分、仕事が溜まっちゃって、それはそれで大変なんだけど」

「え。だ、大丈夫なんですか？」

「まあ……なんとか？　でも今日は、鳥梯さんをランチに誘う余裕がないんだ。残念だけど、今日は終わったらさっさと戻るよ」

――うーん……病《や》み上がりだというのにもうこの忙しさかあ……

せっかく治ったのに、そんなんじゃすぐにまた体調を崩すんじゃないかな。

「……無理しないでくださいね」

そんな心配が顔に表れていたらしい。私をじっと見ていた八子さんが、笑顔から真顔になった。

「……なんか、本気で心配してくれてたりする？」

「あっ……当たり前じゃないですか！　この前体調崩したばかりなのに、また同じようなことになったらどうするんです？　忙しいのはいいことですけど、ちゃんとペース配分を……」

話している途中なのに、なぜか八子さんが私に近づいてきた。

「大丈夫だよ。ちゃんとその辺はわきまえているから。それよりも」

八子さんが少し体を屈《かが》め、私の顔を覗き込んだ。

前までだったらともかく、恋心を自覚した今は近くにある彼の目をまともに見ることができない。

微妙に目を合わせないよう視線を逸らしつつ、「なんでしょうか……」と尋ねた。

「鳥梯さんが、そこまで俺のこと考えてくれるなんて思わなかったから、めちゃくちゃ嬉しいんだけど。もしかして俺と恋愛する気になった？」

なーんて。と彼としては冗談のつもりだったのかもしれない。だけど、それを冗談として返すことができなかった。

だって私、八子さんのことを好きになってるから。

当の本人にズバリ指摘されて、みるみる顔に熱が集まるのが分かる。

「あれ。鳥梯さん。もしかして……」

絶対に気持ちに気付かれた。

それを確信した途端に私の中で焦りが生まれる。

「……っ、あ、もう打ち合わせが始まる時間ですのでっ！」

実際、開始時間まであと五分もない。八子さんも腕時計を見て、納得した……かに見えたが、いきなり彼が私との距離をぐんと縮めてきた。

体が触れ合うすれすれの距離。目の前に八子さんの綺麗な顔がある。

「えっ……え、あの……」

戸惑う私の耳元に、八子さんが顔を近づける。ついでにさりげなく私の腰に手を回してきた。

「この件に関しては後ほどちゃんと説明してもらうんで、そのつもりでいて」

八子さんが、珍しく厳しめのトーンで言い放つ。これを第三者が聞いたら、私が失敗して八子さんに注意されているように聞こえるけど、当の八子さんは笑顔だ。

これ、絶対わざとやってる。

更に、熱くなった私の頬に、八子さんがさっきまで私が飲んでいた水の入ったペットボトルを当てる。

「みんなが来るまでに、顔、冷やしておいた方がいいよ」

くすくす笑っている八子さんをちょっとだけ睨《にら》みながら、結局言うとおりにした。

それからすぐに、井口さんら担当社員がミーティングルームに入ってくる。

打ち合わせはスムーズに進み、予定の時間どおりに終了した。

八子さんは、のんびり雑談をする暇もなく荷物を纏《まと》めて、参加した社員一人一人に挨拶《あいさつ》をして部屋を出ていく。

八子さんを見送るべく、私も彼に続いてエントランスに向かった。

「八子さん、このあとお昼食べる時間はあるんですか？」

声をかけたら、ちらっと一瞬振り返った八子さんの顔が少々険しかった。あまりそういった表情を見ることがなかったので、つい怯《ひる》んでしまう。

——え。なんか機嫌悪い……？　どうしてだろう。

「飯？　どうかな。無理矢理時間作ればあると思うけど」

「ちゃんと食べてくださいね」

「うんまあ……食べるようにはするけどね」

やっぱりいつもより素っ気ない。そんな八子さんの様子を前に、私の中に不安が立ちこめてくる。

——もしかして、今更好きになられても遅い、とか……？

でも、ないとは言えない。特に八子さんは忙しい人だし、これ以上私に関することで煩《わずら》わされたくないのかも。

「すみません、余計なお節介でした……」

私が背後から尋ねると、八子さんがピタリと足を止めて振り返った。

「……やっぱり鳥梯さんさあ」

「は？」

「俺のこと好きでしょ」

きっぱり言われて、返す言葉に詰まる。

ここはエントランスに近いとはいえ、まだ社内だ。ポツポツと私達とすれ違う社員もいる中で、誰がこの会話を聞いているか分からない状況なのである。

私は慌てて八子さんに歩み寄り、口に人差し指を当て「シーッ!!」と窘《たしな》めた。

「なんてことを言うんですか!!　だっ……誰かに聞かれたらどうするんです!?」

「俺は誰に聞かれても問題ないんだけど。気持ちは変わんないしね」

――え。気持ち、変わってないの？

それを聞いてホッとしたからか、顔が緩んでしまった。それを目《ま》の当たりにした八子さんも、なぜか同じように頬を緩ませる。

「あれ。鳥梯さんなんかさっきより可愛くない？」

「えっ……何を言って……」

笑顔のまま、八子さんが私の頭にぽんと手を置いた。

ここ数年、人に頭を触られるということがなかった私は、驚きで目を丸くして固まった。

「あ、いけね。こういうのってあんまりしない方がいいんだっけ？」

いけねと言いつつ、くしゃっ、と私の頭を一撫でして八子さんの手が離れていった。

人間というのは急に慣れないことをされると、動きや表情がぎこちなくなってしまいがちだ。

今の私はまさにそれだった。

「本当は今すぐ二人で話したいんだけど、忙しいのは本当なんだ。それに、鳥梯さんは真面目に仕事する男の方が好きだろう？」

八子さんの表情がいつも貼り付けている業務用の笑顔から、真顔になった。

素を見せてくれることが素直に嬉しくて、キュンとする。

「まあ、お仕事を頑張ってる人のことは好きですが」

「だから今は、事務所に戻って仕事します。でも、鳥梯さんの都合がいい時で構わないから、連絡くれる？」

「あ、はい」

「そこでいつ会って話すか決めようか。じゃ、行くよ」

「……あ、えっと……お、お疲れ様でした……」

「お疲れ様。じゃ、また」

爽《さわ》やかに片手を上げ、八子さんが自動ドアの向こうに消えていった。

もう目の前に八子さんはいない。なのにドキドキが治まらない。

――早く……あの人に今の気持ちを伝えたいな……

私が好きだって言ったら、八子さんは、どんな顔をするだろう。


週末を経て月曜日を迎えた。

出勤すると週末からずっと留守だった六谷さんが出勤していて、彼の姿を見た瞬間、声が出そうになった。

――六谷さんに気持ちを伝えるチャンス。

自分にとって六谷さんは、なんでも話せる頼れる先輩社員であり、上司だった。

いい人なのは分かっている。でも、八子さんに気持ちを伝えると決めた以上、六谷さんと付き合うというのは考えられない。

――それに、どう考えても六谷さんと自分が恋人同士とか……無理だわ。これればかりはしょうがないよね。

六谷さんがどうこうというわけではなく、長年上司として慕《した》っていた人という認識を自分の中で変えられない。それをちゃんと説明すればきっと分かってもらえるはず。

おおよそ説明する内容を固めてから、席に着いている六谷さんに声をかけた。

「六谷さん、おはようございます」

「ああ、おはよう。そうだこれ、お土産《みやげ》」

六谷さんの出張先は東海地方。今回新規でフランチャイズ契約を結ぶ地元の企業との面談だったらしい。我が社もついに他県進出か、と話を聞いた時はとてもしみじみした。

というわけで土産《みやげ》の品は東海地方の名産品。私でも知っている有名なお菓子もあった。

「みんなに行き渡るように大量に買ってきたから、悪いけど配ってくれる？」

「わー、ありがとうございます。こんなにたくさん……」

箱を受け取りお菓子に視線を落とす。これだけあれば社員には問題なく行き渡りそう。

「それより、朝一で俺のところに来てくれたのは、なんか用があったからでしょ。何？」

お菓子に釣られて本来の目的を忘れそうになっていた私に、六谷さんから声をかけてくれた。

「……あ、はい。その件なのですが、ちょっとここでは……」

周囲を見回すと、ほとんどの社員が出社して席に着いている。この状況で極めてプライベートなことを話すことはできない。

六谷さんもそれは理解しているようで「確かに」と頷いている。

「それもそうだな。じゃあ、昼でいいか？　下のカフェででも話すか」

八子さんの時は下のカフェでも躊躇《ちゅうちょ》したが、六谷さんとならまあいいかという気持ちになる。

なんせ元上司と部下だし、「ワンナイト」とか際どい単語は出ないし。

「はい。じゃあ、そこで」

「分かった。じゃあ、昼に」

約束だけして自分の席へ戻った。

午前中はデスクワークがメイン。今は八子さんと手がけている案件の他に、別の地域で新規出店する計画もあるので、それも同時進行で進めている。

郊外の居抜き案件だったり、新規開発が進んでいる大型ショッピングモールだったり、出店候補はいくつかある。

郊外なら車で立ち寄るお客様が多いのでドライブスルーを設《もう》けるとか、ショッピングモールなら家族連れのお客様がメインになるとか、環境によってその店の特色を考えて出店計画を練らねばならない。そこがやりがいでもあるし、計画する側の面白いところではある。でも、それを読み間違えると失敗して最悪の場合撤退に繋がりかねない。


——やば。もうこんな時間じゃん。

急いでノートパソコンを閉じ、六谷さんを待たせないよう下のカフェに向かった。

このビルの一階にあるカフェは、フロア部分を広く使用していて開放感がある。正面のエントランス部分がほぼ全面ガラス張りなので採光がよく、昼間は自然光だけでかなり明るい。これが夕方から夜になると、がらりと印象が変わり今度はムーディになる。

しかも夜にはアルコールを扱うので、店内は大人のカップルなどでいつも混み合っていた。

今は昼になったばかりなので、カフェはさほど混み合っていない。空席の方が多いくらいだった。

六谷さんが何を注文するかはまったく予想がつかないので、先に自分の分だけ注文した。時間が経つと軽食でも出てくるのが遅くなりがちなので、少しでもタイムロスを回避する策である。

簡単に食べられそうなホットドッグとカフェラテを注文し、六谷さんが来るのを待つ。彼は午前中、近くの店舗を巡回しに行っていたので、おそらく外からそのままこのカフェに来るだろうと予想をつける。

外からも見えるように、窓側の席を選んだ。私が席に着いてから五分ほどで、六谷さんが戻ってきたのが見えた。

気付いてくれるかどうかは分からないが、念のため窓越しに手を振ると、六谷さんがこちらを見た。私を確認するように一度だけ小さく頷くと、彼はビルのエントランスを抜けて真っ直ぐこちらへ歩いてきた。

「ごめんな、待たせたか」

六谷さんが向かいに腰を下ろしながら謝ってくる。

「いえ、大丈夫です。私の注文は先に済ませました。六谷さんは何を頼んだらいいか分からなくて」

「ああ、いい。俺は今外で買ってきたからコーヒーだけで。すみません」

水を持ってきてくれた店員さんにコーヒーをお願いすると、六谷さんが水を飲んでから私に向き直る。

「で。話って？　どうせ俺が前に言ったことに対する返事なんだろうけど」

当たりです……

「はい、あの……あれからよく考えてみたんですけど、やっぱり私、六谷さんとはお付き合いできません」

自分の気持ちをはっきり伝えた。でも、六谷さんの表情はあまり変わらない。まるで私がこう返事することを見抜いていたようだ。

「うん、まあ鳥梯はそういう答えを出すだろうとは思ってたよ」

「すみません……」

「でも、納得いかないいな」

分かってもらえたことにホッとしそうになったけど、すぐにそんな気持ちは吹き飛んでいった。

「な……納得いかない、とは……？」

「いやあ、言葉で説明するのは難しいけど、要するに鳥梯は俺より八子さんを選んだってことだろう？　お前と一緒にいた時間は俺の方が長いのに、なんで八子さんなんだ？」

「えっ……」

私だって八子さんのことを意識するようになったのは最近なのに、言葉でなぜと問われると説明するのが難しい。

かといってきっかけは体の関係からですなんて、口が裂けても言えない。

「それは……時間は短くても、話したり接したりしているうちに、ちょっとずつ相手のことが気になってきて……ってとこですかね……」

「へぇ、ちょっとずつねぇ……でもそれって、本当に相手のことが好きになったって言えるのかな」

六谷さんの視線が鋭い。まるで私の本心を探りにきているようで、よく知っている相手なのにどこか怖い。

「それは、どういう意味ですか？」

私が注文したカフェラテとホットドッグ、六谷さんのコーヒーが運ばれてきた。店員さんが去ったのを確認してから、六谷さんが軽く身を乗り出し、膝の上で手を組んだ。

「八子さんはあのとおり美形だし、愛想もいい。ましてや経営者で財力もある。女性なら誰だって彼の肩書きと外見だけで虜《とりこ》になるだろう？　お前も同じなんじゃないのか」

要は、八子さんの顔と肩書きに惹かれてるだけなのでは？　と。六谷さんの目がそう問いかけている。

この人に、私がそういった理由で男性を選んでいると思われていた事実に衝撃を受けた。

すごくショックだった。

「……なんでそうなるんですか」

驚きと困惑とで、膝の上の手が震え出す。彼は表情を変えず静かにコーヒーを飲んでから、一息つく。

「だって、八子さんって仕事はできるけど、それだけだろう？　男として彼のどこに魅力を感じるっていうんだ？」

「は……？　そ、それだけってことはないと思いますけど」

「そうかな」

さっきから六谷さんは何を言っているのだろう。これじゃまるで、八子さんのことが嫌いと言っているようなものではないか。

「仕事は確かにできる人だよ。話も楽しいし、頭の回転も速い。センスもいいから彼に仕事が集まるのも納得できる。でも私生活はどうかな。忙しすぎてあれじゃ恋人に構う時間なんかないんじゃないか」

「確かに仕事は忙しいでしょうけど、仕事だけってことはないんじゃないですか。八子さんなら、上手《うま》く仕事とプライベートを切り替えていそうだし」

「どうだかね。そもそもあの人、恋人としてどうなのかな？」

「どういう意味ですか……」

吐き捨てるように言われたことが引っかかる。私が断ったから、ここまで八子さんが悪く言われるのだろうか。だとしたら納得がいかない。

「別に、適当なことを言ってるんじゃない。過去にあったんだよ、八子さんがらみのゴタゴタが」

「えっ？」

「鳥梯が入ってすぐくらいの時か。俺の先輩社員だった女性が八子さんに告ったんだけど、まあ、こっぴどく振られたらしいよ。その時の話を聞く限りでは、俺はあんまりいい印象は持てなかったけどね」

「冷たく……？　八子さんが？　何かそうせざるを得ない理由があったんじゃないですか？」

冷たくしないと相手が引いてくれなかったとか。下手《へた》に希望を持たせるより、そっちの方がいい場合もあるし……

「そうかもしれないけど、ああいうのは普通相手を傷つけないように断るもんだろ。それができてない時点で俺はもう、見る目が変わったね」

「……でも、それって結構前の話ですよね？　今は違うかもしれないじゃないですか」

「どうだか。男なんてそう簡単に変わるもんじゃないと思うけど」

若干投げやりな態度の六谷さんに面食らってしまう。正直に言って、ショックだった。

彼が八子さんのことをどう思っていようが、私は八子さんのことが好きだし、何を聞いても六谷さんと付き合うつもりはない。

私は、この話し合いをさっさと終わらせるために、自分の気持ちだけはっきり伝えることにした。

たぶん、これ以上、長引かせても面倒なことになるだけみたいだし。

「とにかく、お付き合いはお断りします。それと私、八子さんの外見とか肩書きに惚れたわけじゃないですから」

もちろん、外見は素敵だと思うし、好きになった理由の一つではあるけれど、でもそれだけじゃない。

はっきり告げた私に、六谷さんの表情が曇る。

「鳥梯……お前、ずっと恋愛してないって言ってたよな？　ブランク空《あ》きすぎて、勘が鈍ってるんじゃないか」

「なんの勘です？」

鈍ってる、という言葉に若干イラッとした。勘が鈍るって何よ。

「いい男かどうかを見極める勘だよ。俺、お前はそういうの、わりと鋭いと思ってたんだけど、意外とそうじゃないんだな」

今、私の目の前にいるのは、本当に私の知っている六谷さんなのだろうか。

ずっと彼の下について頑張ってきて、この人のようになりたいと常に目標としてきた、あの六谷さんなのか。

私の中で、六谷さんに対するイメージがガラガラと崩れ始めた。

「六谷さん……それはあまりにも失礼すぎやしませんか。私になら何を言っても許されると思ってません？　私だって腹が立つこともあるんですよ」

お腹の中で何かがメラメラと燃え上がっているのを自覚しながら、極めて静かにもの申した。

さすがに私の怒りが向こうにも伝わったのだろう。ずっと不機嫌そうだった六谷さんの表情に焦りが浮かんだ。

「あ……いや……そういうわけじゃないんだが。鳥梯はほら、ずっと一緒にやってきて気心が知れているから、つい……」

「気心が知れてると、相手を貶《おとし》めることを言ってもいいんですね。そうですか」

そう言うなり、私はテーブルに置かれたホットドッグを掴み、大きな口でがぶりとかぶりついた。

――もうこんな人は知らん。どう思われても構うもんか。

たぶん私、相当不機嫌な顔をしているはず。自覚はあるけどそれを抑えることは不可能だった。

六谷さんは、しまったという表情で頭を抱え始める。気付くのが遅すぎないか。

「ごめんって。機嫌直してくれよ」

「無理ですね。大体、八子さんのことをいろいろ仰《おっしゃ》ってましたけど、当の六谷さんはどうなんです。付き合ってもいない段階で、すでに私を傷つけるようなことを言ってるじゃないですか」

「……ごめん」

さっきまでの勢いはどこへやら。六谷さんが完全に落ち込んでいる。

その姿を眺めながら、私は無言のままホットドッグをもぐもぐ咀嚼《そしゃく》する。

——言いすぎたかもしれない。でも、言われっぱなしで黙っていられるほど、人間できてないんで。腹が立てば、それなりの行動には出る。

ホットドッグを完食し、残っていたカフェラテを飲み干した私は、自分の代金をテーブルに置いて立ち上がった。

「お話は以上です。失礼します」

彼とは今後も社内で顔を合わせるけど、それでも今は、六谷さんの顔を一秒だって見ていたくなかった。

この日の午後、私のエネルギー源は怒りだった。

——まさか六谷さんがあんなことを言うなんて……

八子さんのことを悪く言うだけにとどまらず、いくら私が恋愛から離れていたからって、普通あんなこと面と向かって言う⁉

頼りになる上司と思って信頼していたし、尊敬もしていたのに……ショックを通り越して腹が立って仕方がなかった。

キーボードを叩く指の力が強くなるのを、どうにか堪《こら》えながら仕事に集中する。

とりあえず六谷さんに私の気持ちは伝えた。それだけはよしとしよう。

あとは八子さんへの返事だけだ。

さっき六谷さんが言っていたことに若干驚いているところはあるが、私が彼を想う気持ち自体に変化はない。

――彼のことだから、冷たくしたことにも、たぶん何か理由があるんだろう。……それにしてもやっぱり八子さんモテてるな。

今だって若いけど、彼が二十代の頃とかなんて相当モテたに違いない。そんな人に好かれているという事実が夢のようにも思えるけど。

――あー八子さんと話がしたい。

八子さんには都合のいい時に連絡してと言われたものの、彼が今忙しいのを知っているからこそ遠慮してしまう。自分が八子さんの立場だったら、きっと仕事のことで手一杯で他のことを考える余裕なんかないと思う。

――でも、八子さんは要領よさそうだし、私とは違うのかな……

やめとこう。いや、やっぱりしようかな、と。仕事中も、気が付くとそのことばかり考えてしまっている。

――ダメだわ。こんなことばっかり考えたら仕事が終わらない。やめよ。

雑念を振り払うように仕事に没頭しているうちに定時を迎えた。

今日は残業をするような仕事もないし、さっさと帰ってビールでも飲もうと荷物を纏《まと》める。そんな時、スマホにメッセージが届いた。何気なく画面を確認すると八子さんからだった。

——え。八子さん⁉

八子さんからのメッセージは、かなり久しぶりだ。

表示された名前を見ただけでもドキッとしたのに、メッセージの内容に心臓が口から飛び出そうになった。

【鳥梯さんに会いたいなー】

会おう！　でもなく、会いたい、でもない。いかにも八子さんらしいライトなメッセージ。でも、この一文だけでさっきまでのイライラが吹き飛ぶくらいの威力はあった。

——恋愛って、すごい。これだけで元気出ちゃったわ。

昼に六谷さんとやりあった反動なのか、無性に八子さんに会いたかった。

【私も会いたいです】

咄嗟《とっさ》にこれだけ送信してしまったのだが、すぐに「お疲れ様です」といった一文を入れるべきだったと後悔した。でも、後悔は長く続かなかった。

なぜならば、すぐにメッセージが返ってきたからだ。

【会ってくれるの？】

八子さんにしてはなんだか弱気な発言だなと思った。

【どこへ行けば八子さんに会えますか】

素早くメッセージを打ち込んで、そのまま送信した。返ってきたメッセージは、短かった。

【俺の家】

てっきりどこかのカフェとかレストランを指定されるんだと思っていた。

これまでの私なら、家に来いと言われた時点できっと引いていたと思う。でも、今は引くどころか嬉しいとすら思っている。自分でもこの変化に驚いた。

ドキドキして、すぐにでも彼に会いたいという気持ちが強くなった。

【いいんですか？　私、今から本当に行っちゃいますよ】

【もちろん。待ってるよ】

待ってるということは、八子さんはすでに自宅にいるということだ。

もしかしてまた体調が良くないのでは、という不安が一瞬頭を掠めた。でも、そうならきっと私を呼んだりしないのでは。

……八子さんに会える。

それが嬉しくて、なんだか足元がフワフワしている。

私は掴んでいたスマホをバッグに入れて歩き出した。

念のため途中にあったドラッグストアで栄養補助食品を数種類と、ビタミンがたっぷり含まれているスポーツドリンクを買った。それらが入った買い物袋を提げ、八子さんのマンションに向かう。

一度来ているので、迷うことなくテンキーを押すと、すぐに八子さんの声が聞こえてきた。

『はい、どーぞ』

聞こえてきた声は、この前よりも普通だ。

――よかった、元気そう。

声を聞いた瞬間から胸がドキドキして、落ち着かない。

自動ドアからマンション内に入り、エレベーターへ。

それにしても仕事人間の八子さんにしては帰宅が早い。忙しいのが一段落したのかな。

心の中で首を傾げつつエレベーターを降り、部屋のインターホンを鳴らした。

「はいはい」

いつものように軽い感じでドアを開けた八子さんは笑顔だ。

「……こんばんは」

「こんばんは。まあ、入ってよ」

そのまま私に背を向けて中に行こうとする八子さんのシャツを、無意識のうちに掴んでいた。不意に服を掴まれた八子さんが、後ろにつんのめっている。

「なんだ⁉」

彼が驚き、肩越しに私を見る。その目を丸くした顔がなかなかレアで、にやけるのを抑えられなかった。

「あっ……す、すみません……反射的に手が出てしまい……」

「……まさかここで帰るって言うんじゃないよね」

八子さんが疑惑の視線を送ってくる。

「違いますよ、そうじゃなくて。自宅にいるっていうから、もしかしたら具合が悪いのかもと思ってたんです。でも元気そうなんで安心したんです」

「あ、そういうことね」

服を掴んでいた手を八子さんが掴む。そのままぐいっと手を引かれ、抱き締められた。

――う……うわっ……

すぐ目の前に八子さん。しかもいい香りがする。

好きな人の腕に抱き締められて、なんかもう……めまいがしそうだった。

「このとおり元気です。安心した？」

「し……しました……」

「ずっと連絡待ってたのに。なんでくれなかったの」

耳元で囁《ささや》かれた内容にドキッとする。声はどこか不満げだった。

「連絡したかったんです。でも、お仕事溜まってるって言ってたし、邪魔しちゃいけないと思って遠慮を……」

「そんな遠慮いらないから。まったく……変なところで気を遣うな、あなたは」

腕の力が緩められ、八子さんが私から少しだけ距離をとった。

「キスしていい？」

「えっ‼」

——いきなり⁉　ていうかここで⁉

驚いたけど、好きな人にそんなことを言われたら嬉しいに決まっている。

「ちょ、ちょっとだけなら……」

「じゃあ、これが俺の気持ちに対する返事ってことでいい？」

「そう、ですね……」

上目遣いで返事をすると、言葉の代わりに八子さんの顔が迫ってきて、キスされた。

あの夜以来の八子さんとのキス。

強めに唇を押しつけられて、一度離れたと思ったら、またされた。

今度はついばむようなキスを何度もされて、なんだか笑いが込み上げてくる。でも、昼間のことが頭を掠め現実に引き戻された。

——ま、待って待って。まだ何も話してない……‼

キスをされながら彼の胸を数回手のひらで叩く。するとようやく八子さんが私を放してくれた。

「あ。ごめん。スイッチ入りそうになっちゃった」

「すみません……っ、ま、まだ話も何もしてないので……」

乱れた前髪を手で直していると、八子さんの視線が、私の手にある買い物袋に注《そそ》がれる。

「もしかしていろいろ買ってきてくれたの？」

「はい。あ、でも全部保存がきくので、保管しておいてください。必要なければ私、持って帰りますし……」

言い終わるのとほぼ同時くらいに、八子さんが私の手から買い物袋を奪った。

「俺のために買ってきてくれたのに持って帰らせるとか、そんなことするわけないでしょ」

八子さんに手首を掴まれ、そのままリビングに連れていかれた。

この前は少し雑然としていたリビングが今日は綺麗に片付いている。それだけ余裕と元気があったということか。

でも、デスクにあるパソコンは使用中だったみたいだし、資料と思われるものがデスク周りにいくつか置かれているのを見ると、やはり仕事をしていたようだ。

――やっぱり、八子さんって真面目な人だな……

八子さんが、正面に立っている私に尋ねてくる。

「鳥梯さんは、なんで俺に会いに来てくれたの」

「それは……会いたかったからです」

「なんで？」

「なんでって、それは……その……」

――ヤバい。いざ告白するとなるとめちゃくちゃ恥ずかしい。

ただ「好き」と言えばいいだけなのに、余計な文言がたくさん頭に浮かんできて、頭の中が混乱してきた。

そんな私を見て、八子さんが「あはは」と笑い声を上げた。

「答えは分かってるから。いろいろ考えずに今の気持ちを教えてよ」

今の気持ちをと言われたら、まず頭に浮かんできたのはこれだった。

「返事を、ずっと引っ張ってしまってごめんなさい!!」

「そっちか」

八子さんが苦笑する。

「あと、私、八子さんのことが好きです」

このタイミングでそうくるとは思っていなかったのか、八子さんの動きが止まる。

「と……鳥梯さん……」

珍しくきょとんとしている八子さんが、なんか笑える。

「八子さんのこと、大好きになりました。だから、私を八子さんの、こ……恋人にしてください」

よろしくお願いします。と頭を下げる。すると、すぐに抱き締められた。

「こちらこそよろしくお願いします。……やった。好きな人に好きって言ってもらえるの、めちゃくちゃ嬉しいな」

「はい……私もそう思います」

彼の背中に手を添えて、シャツを軽く掴んだ。

いくつになっても両思いになるってすごいことだし、この上なく嬉しくて幸せだ。

でも、幸せなはずなのに頭の片隅に昼間の六谷さんが浮かんできて、少しだけ不安になった。

——やだな。思い出したくなかったのに……

抱き締められたまま小さくため息をついてしまう。それを八子さんに気付かれた。

「ん。何？　どうした？」

こういう時の八子さんって、妙に鋭いと思う。

「いや、別に……たいしたことではないんですけど」

「けど何。なんかあった？」

「いえ……」

言わなくてもいいかな。でも、ちゃんと本人に確かめた方がいいかな。

二つの思いが私の中で交差する。それを八子さんは見逃さなかった。

「気になるから、話して」

「あの……以前、うちの会社の女性社員に告白されたことありました？」

それまで笑顔だった八子さんの表情が一瞬だけ強張《こわば》った。それを私はしっかりと目撃した。

「ありますよね」

「……はあ、まあ……ありましたね」

八子さんの顔には、ばつが悪いと書いてある。

「えーっと、俺、どう返事したらいいのかな。事細かに教えろっていうなら、もちろん教えるけど……」

――はっ。そうか。この人、うちの女性社員に告白されたのは一度や二度じゃないはず……

「あ、すみません。えっと、たぶん私が入社してすぐくらいの話だと思います。六谷さんの先輩社員で……」

ここまで言ったら八子さんも誰か分かったらしい。「あ」という顔をする。

「あー、あの人かな。でも、本当にだいぶ前の話だよ。俺が独立する前だし……たぶん今、その女性は君んとこにいないよ。そんな話、誰に聞いたの」

「六谷さんです」

八子さんがげんなりしている。驚かないところを見ると、ある程度想定はしていたようだ。

「くそ……嫌がらせか」

「というのは……?」

「その女性といろいろあったのを知ってるのは六谷さんくらいだからさ。当時、六谷さんはその女性の部下だったんだよ」

確かに六谷さん自身もそう言ってたっけ。

「それは聞きました。でも、私が聞いたのは、こっぴどく振られたとかそういうので……」

「そりゃ何度断っても分かってくれなかったら、だんだんイヤになるよね」

六谷さんからこの話を聞いた時もちらっと思ったけど、やっぱりただ告白されて断ったってだけじゃないんだ。

「その人、仕事もできたし、ハキハキしてて取引先としてはすごくやりやすい人だったんだ。でも、告白されたあとから印象ががらっと変わっちゃってさ」

「変わったって……冷たくなったとかですか？」

もし自分が告白して振られたら、たぶん気まずすぎて相手と極力接しないようにするかもしれない。もしくは、徹底して事務的に接するかも。

でも、八子さんは静かに首を横に振った。そうではないらしい。

「それならまあ、仕方がないと思えるけど……仕事中なのに女を出すようになったんだよな。それも、露骨に」

「露骨って、どの程度の……」

「まあ、座って話そうよ」

八子さんが私にソファーに座るよう促《うなが》す。私は八子さんと並んでソファーに腰を下ろした。

「その人、それまではいつもシャツのボタンはきっちり上まで閉めて、ほぼパンツスタイルっていう人だったんだ。それが急に路線変更して、いつも谷間が見えそうなカットソーやピチピチのタイトスカートを穿くようになったんだよねえ……」

遠い目をしている八子さんの隣で絶句する。

そんなあからさまな路線変更ってある？　ていうかそれ、八子さんに対する当てつけなのでは？

「……わ、私には考えられないことなんですけど……あれかな、振られたことで逆に火が点《つ》いちゃったパターンかな……」

八子さんが困り顔のままため息をついた。

「俺、ちゃんと断ったからね？　それなのに勝手に燃え上がられても困るんだけどさ。打ち合わせの時も隣に座って何かというと密着してきて、もういい加減無理ってなって再度やめてくださいって言ったわけ」

「それでやめてくれたんですか？」

「密着するのはやめてくれたけど、今度は俺の側に女性が近づくと、その女性にあからさまな敵意を向けるようになってさ……ほとほと参って、頼むから本当にやめてくれって強めに言った。それじゃない、俺がこっぴどく振ったっていうやつ」

「……それ、八子さん全然悪くないですよね。なんで六谷さんはあんな風に言ったのかな……」

「肝心なところは言わないで、俺に振られたところだけを強調して言ったんじゃないの。にしても六谷さんひでえな……いくら鳥梯さんを渡したくないからって、そんなこと言うなんてショックだ」

口ではそう言っているけど、八子さんはそんなにショックを受けているようには見えない。笑ってるし。

「で、なんで六谷さんとそんな話になったの？」

八子さんは笑顔のまま私に問う。

「えっ……それは……」

「六谷さんが、俺のそういう話を鳥梯さんにするってことは、俺に関してマイナスなイメージを植え付けようってことでしょ。あの人がそんなことをする理由って何？　まあ、一つしか思い浮かばないけど」

「うっ……」

私が説明するまでもなく、八子さんは見当がついているようだった。

だったらもう、隠すことは何もない。

「……実は、六谷さんにも付き合ってくれと言われてました……」

「やっぱりな」

はー……と八子さんがため息をつく。

「二人で居酒屋に行こうとしてた時から、そうじゃないかと思ってたよ」

「でも、ちゃんと断りました。私、六谷さんをそういう風に見られなかったんで」

「六谷さんは諦めてくれたの？」

六谷さんとのやりとりを思い返す。

「納得いかないと言われましたけど……でも、私、六谷さんに言われたことに腹が立って。そのまま帰ってきちゃったんで……」

「え。鳥梯さんが？」

八子さんが意外だと言わんばかりに目を丸くした。

「そりゃ……私だって腹が立つことはありますよ。いくら相手が元上司でもね」

「もしかして、六谷さんに言ったの？　俺のことどう思ってるか」

「言いましたよ。八子さんの外見とか肩書きに惚れたわけじゃないって」

言ってから八子さんを見たら、なんとも微妙な顔をしていた。照れているような、困っているような。

なんでそんな顔をするのだろうと不思議に思った次の瞬間、自分が口にした内容を思い出した。

「あっ！」

私ったら、無意識に何をぶっちゃけてるんだ。

八子さんが困惑の表情のまま、額を手で覆《おお》う。

「びっくりした……でも、鳥梯さんの本音が聞けて嬉しい。あと、六谷さんにきっぱり言ってくれたのも。鳥梯さん、格好いいね」

「いやそんなことは……それに格好いいのは、八子さんでしょ……」

「まあね。よく言われる」

さすがの返しに、ぶっと噴き出してしまった。

でも、本当に。こんな何気ない普段の格好でも、スタイルがいいとそれだけで絵になるのが羨《うらや》ましい。

――スーツ姿は言わずもがなだけど、こういうラフな格好もいいな。……ていうか、私はこっちの八子さんの方が好きかも……

笑っていたら、急に真顔になった八子さんにドキッとした。

「もういいかな。さっきから俺、ずっと我慢してるんだけど」

何を、と聞くのは野暮だろうか。

「……っと、その……」

ソファーの上にあった私の手に八子さんの手が触れ、ぎゅっと握られた。

「こっち見てよ」

言われるまま彼を見つめた。

数秒見つめ合ったことで同意を得たと解釈したのか、躊躇《ちゅうちょ》なく八子さんの綺麗な顔が近づいてくる。前だったら避けていたかもしれない。でも、今の私に避けるという選択肢はなかった。

彼の綺麗な顔が眼前に迫る。目も、形の整った凛々《りり》しい眉も、筋が通った鼻梁《びりょう》も、全てが愛おしい。

ゆっくり目を閉じると同時に唇が重なった。最初は触れるだけ。でも、彼が体を近づけて私の腰を抱くと、徐々に深いキスに変わっていった。

あの夜も最初はキスから始まったんだっけ。なんて頭の隅っこでぼんやり思っていたのだが、今日のキスはあの夜とは違う。すぐに舌が唇を割って入ってきて、奥に引っ込んでいた私の舌を強引に搦《から》め取っていく。

「んっ……ちょ、ちょとま……」

八子さんの体重が私にのしかかってきて、だんだん背中が反《そ》っていく。耐えきれなくなった結果、私は八子さんと柔らかいソファーに倒れ込んだ。

やむことのないキスの嵐の最中、薄目を開けて天井《てんじょう》を見る。真っ白な天井《てんじょう》に埋め込まれたいくつかのダウンライトと、丸い照明器具。当たり前だけどホテルとは違う。しかも、めっちゃ明るい。

八子さんの唇が一瞬離れたその隙に、彼の口元を手で押さえた。

「……何、この手」

八子さんがムッとして尋ねてくる。

「……っ、の、もっと暗く……してもらえないかと……それか、い、移動するとか……」

「明るいところでするのはイヤなの？」

「イヤ、ていうか、恥ずかしいから……！」

そんなの当たり前でしょー!!　という気持ちを込めて八子さんを睨《にら》む。すると、分かったよ、と彼が笑いながら体を起こした。

「寝室に行こうか。男臭いかもしれないけど、それでよければ。……ていうか、いいんだよね？　そういう解釈で」

改めて言われるとドキドキしてきた。

「はい……」

八子さんと顔を見合わせる。なんだか気恥ずかしくて、お互いにふっ、と笑ってしまった。気持ちが通じ合ったあとって、なんでこんなに照れくさいんだろう。

「じゃあ……」

立ち上がった八子さんが手招きをする。

「ついてきて」

彼のあとに続いてリビングを出る。すぐ右側にあるドアの向こうが寝室のようだ。部屋自体はおそらく八畳くらい。窓際のベッドは、リネンが白で統一してあり、掛け布団は半分に折りたたまれている。意外と綺麗にしていることに驚いた。

でも寝室に入って、彼の言った男臭いという意味がなんとなく分かった。男臭いというか八子さんの香りだな。

「ごめんね、ベッドそんなに広くないけど」

「……セミダブルですよね？　私シングルなんで、じゅうぶん広いですよ」

「そう？　じゃあ」

近づいて来た八子さんがいきなり私の体に手を回した。何事かと思う間もなく、そのまま持ち上げられてしまう。

「えっ!!　ちょっ……!!」

「まあ遠慮せずに。ベッドまで運んで差し上げますよ、お姫様」

「誰がお姫様ですか、誰が……!」

三十路《みそじ》のお姫様なんて、と顔から火が出そうになる。でも抗《あらが》えず、持ち上げられたままベッドまで運ばれてしまった。

「うう……恥ずかしい……」

「なんでさ。俺にとってはお姫様だよ。かといって俺が王子様ってんでもないけど」

顔を覆《おお》っていると、隣に腰を下ろした八子さんに頭を撫でられる。いや、八子さんはそのビジュアルからして王子様でもいける。

「鳥梯さん……じゃなくて、真白さん?」

八子さんが私の腰と背中に腕を回して、ぎゅっと抱き締めた。

「……さん、いらないです……」

「んじゃ、真白。好きだよ」

「私も……好きです……」

クスッと笑いつつ、八子さんが背中から服の中に手を入れてきた。

「可愛いすぎる」

長い手は容易に私の背中の真ん中に到達し、ブラのホックを外す。ブラのカップが乳房から浮き、なんとももどかしい状況に陥《おちい》ったが、それはすぐに服を脱がされたことで解消した。

上半身だけ裸にされると、すぐに八子さんが乳房に手を添え、やわやわと揉み始めた。そのまま顔を近づけ、先端を口に含み舌で転がされる。

「ん……」

ざらざらした舌で舐《ねぶ》られる。その度に生まれる甘い痺《しび》れに身を任せていると、時折そこを甘噛みされてビクッと体が震えた。

「ごめん。痛かった？」

「ううん……大丈夫」

ちゅ、ちゅばっ、という音と、私の吐息が薄暗い寝室に響く。

前回は胸への愛撫《あいぶ》もそこそこに下への愛撫《あいぶ》が始まったような気がする。今回は意外と胸への愛撫《あいぶ》が長いので、この人おっぱい好きなのかなーなんて、ぼんやり思った。

「八子さん……」

「……はい」

「胸、好きなんですか」

質問したら、数秒の間が生まれた。

「……嫌いな男なんていなくない？」

「そうですか……」

そういうものなのだろうか。

「なんか余裕だね、真白」

八子さんは、相変わらず片手で乳首を弄《いじ》り、もう片方は舌で舐《ねぶ》ったり、たまに吸い上げたりしている。

言われるほど余裕でもないんだけど、彼にはそう見えるのだろうか。

「余裕……なんかないですけどね。心臓すごくないですか」

自分でも分かるくらい心臓がドクドクいっている。たぶん、胸に顔を近づけている八子さんにはこの音が聞こえているはずだ。

「うん、すごい。でも大丈夫。俺もすごいから」

私から八子さんのドキドキは聞こえないけど、そうなのか。

お互いにドキドキしているというこの状況に、なんだかもう胸がいっぱいだった。

前回はワンナイトという若干の罪悪感と、お互いに恋愛感情は抜きで体だけというのが頭の片隅にあった。でも、今回は互いに恋愛感情があるのを確認した上での行為。

最初は恋愛が久しぶりすぎて、八子さんからの告白に逃げ腰になっていた。でも、徐々に膨らむ八子さんへの気持ちを認めたら、自分でもびっくりするくらい普通に恋愛できている。

――なんだ私。ちゃんとできるじゃない。

八子さんへの愛で満ち足りた気持ちは、この前とは比べものにならない。

今の私は、自信を持って幸せですと言える。

「本当にすごいの……？　聞こえないよ」

「……んじゃ、こうすれば分かるかな」

八子さんがベッドに寝そべり、私の頭を自分の胸元にもっていった。白いシャツの向こうから自分のものと勘違いしそうになる大きな心音が聞こえてきて、ふと彼を見上げた。

「な？　俺、こんなにドキドキするの、この前の夜以来だよ。まあ、この前とはドキドキの種類が違うけど」

「種類って……何？」

「んー……この前は勢いでこんなことして、嫌われないかどうか不安だったから。でも、今は普通に、真白とこんなことできることにドキドキしてる」

八子さんの顔が近づいてきて口を塞がれた。お喋《しゃべ》りはここで終了。キスの途中で一旦唇を離した八子さんが着ていたシャツを脱ぎ、半裸になる。そこから流れるように私のスカートも脱がされ、残っているのはショーツのみだ。

「真白、綺麗」

しみじみと体を見つめながら褒《ほ》められて、全身の毛穴から汗が噴き出そうになる。

「や……やめて。恥ずかしいから」

もう全部見られているのに、腕で胸元を隠す。でもそれをあっという間に阻止されてしまう。

「隠しちゃだーめ」

両手首を掴まれ、そのままベッドに縫《ぬ》い止められる。八子さんは体を屈《かが》めて、彼の目の前で硬さを増す胸の先端を口に含んだ。

「すごいカチカチ……それに……美味《おい》しい」

口に含んだ状態で話すから、ところどころもごもごしている。

「んっ……しゃ、喋《しゃべ》んないで……」

快感に震えながらお願いする。八子さんは微笑むだけでそれには触れない。

縫《ぬ》い止められていた手が解放され、反射的に吐息を漏らした。でも、すぐにショーツのクロッチ部分を上からなぞられて、今度はハッと空気を吸い込んだ。

「あっ……！」

思わず膝から下が動いてしまい、八子さんを蹴り上げそうになってしまう。でも、彼はそれを上《う》手《ま》くかわして、逆に膝を掴んでそのまま私の足を大きく広げた。

「……真白って、肌綺麗だよね」

「え……？」

八子さんが太股の内側を撫でながら、そこに吸い付いた。でも、思いのほか吸い付きが長い上に強い。

「ちょ……」

「痕《あと》、ついた」

自分でつけたキスマークを指で撫でながら、八子さんが嬉しそうに微笑んでいる。

「本当はもっと見えるところにつけたいんだけどね……」

なんだか穏やかではないことを口にしながら、八子さんが股間への愛撫《あいぶ》を再開した。太股への愛《あい》撫《ぶ》や、独占欲全開の台詞で、私の蜜口からは愛液が溢《あふ》れ、とっくにショーツは湿っていた。

クロッチ部分に触れた瞬間それが分かったのだろう。八子さんが満足げに微笑んだ。

「ごめんね待たせて。すぐ触ってあげる」

「ま……待ってなんか……」

ムキになって言い返そうとしたら、笑顔でショーツを脱がされてしまう。

「んー？　じゃあなんでここはこんなことになっているのかな？」

足首からショーツを引き抜きながら、八子さんが足と足の間に体を割り込ませてきた。あっと思う間もなく、彼は股間の割れ目にその長い指を当て、指の腹を使ってぐりぐりと愛撫《あいぶ》を始める。

「やっ、あ……ん……っ」

触れられるだけで甘い痺《しび》れが全身に広がっていく。もどかしくもあり、気持ちよくもある複雑な感覚に、たまらず体を左右に捩《よじ》った。

太股を擦り合わせてこのもどかしさから逃れたい。でも、八子さんがいるのでそれもできない。仕方なく足を左右に動かしながら、なんとか愛撫《あいぶ》に耐えようともがく。

「じたばたしてるね」

「……っ、言わなくていいですっ……!!」

「気持ちいいんでしょ？　かーわいい」

ずっと指で割れ目の奥を優しくなぞっていた八子さんが、奥にある蕾《つぼみ》を集中して弄《いじ》ってきた。ただでさえ、触れられただけで大きく腰が反《そ》るくらい敏感な場所なのに、息つく暇もなくそこばかりを攻められると、愛撫《あいぶ》だけで達しそうになる。

「やっ……ダメ、そこ、ダメっ……」

仰向けになりながら顔に手を当て、必死で呼吸を整える。でも、一度膨れだした快感が、絶頂を迎えるまでそう時間はかからなかった。

八子さんが小さな円を描くようにそこを攻めた時、快感は頂点に達した。

「あっ……あ、あああっ、んっ――――!!」

足先がピンと伸び、絶頂の瞬間を全身で味わう。その後、一気に脱力した。ベッドにめり込んでしまうのではないかというくらい、ぐったりと力が抜けている。

「イッた？」

「……だって、そこばっかり弄《いじ》るから……!!」

「真白、気持ちよさそうにしてたからさ。そしたらやっぱイかせてあげたいじゃない」

八子さんが今の今まで私の蕾《つぼみ》を嬲《なぶ》っていた指をべろりと舐《な》めた。そんな彼の仕草にも体が熱くなる。

「真白が気持ちよくなるなら、なんだってしたいんだよ、俺は」

「……っな、なん……」

なんてことを言うのだ、この人は。

「イヤ?」

「イ、イヤじゃないけど……恥ずかしいです……」

「恥ずかしがる真白もまた、ヨシということで」

クスクス笑いながら乱れた髪を掻き上げる仕草もセクシーで、クラッとくる。

——嬉しいけど、八子さんばっかりずるい。

まだ若干怠《だる》さが残る体を起こし、足下にいる八子さんに四つん這《ば》いで近づく。

「何、どうした?」

「私ばっかり気持ちよくしてもらってるので、お返しです」

ベッドに座っている八子さんの穿く黒いチノパンのボタンを外し、ファスナーを下げてショーツを露《あら》わにした。そこは、すでに大きく盛り上がっている。

——なんだ……八子さんだってもうこんなになってるんじゃない……

「え、ちょっと待って」

股間をじっと見ていたら、八子さんが困惑した声を上げる。でも、そんなのはきかない。

「待ちません」

強引にショーツから彼の屹立《きつりつ》を取り出した。もうすでに硬く大きくなっているけれど、ずっとショーツの中にしまわれた状態で痛くなかったのだろうか。

そんなことを考えながら彼の屹立《きつりつ》を上下に数回撫で、その先端に舌を当てた。

「うっ……」

ただ舌でツン、と突《つつ》いただけで、八子さんから艶《つや》っぽい声が漏れた。それに気をよくした私は、同じように何度か先端をツンツンしたあと、裏側から先端にかけて舌を這《は》わせてみた。

「ちょ……!!　ま、しろ……っ」

舌を這《は》わせれば這《は》わすほど、屹立《きつりつ》が硬さを増していく。たぶん気持ちいいんだな、と確信を持ったまま、私は先端をかぷっと口の中に含み、何度も舌を這《は》わす。

「……っ、はっ……」

八子さんの吐息がどんどん熱くなってくる。

こんな八子さん見たことない。

――気持ちよくなってる……？　だったら嬉しいな。

好きだからこそ、相手に気持ちよくなってほしい。こんな風に思ったのは、よく考えたら初めてかもしれない。

「ちょ、ちょっと待って。真白……」

焦りが混じる八子さんの声を聞こえないふりをした。咥《くわ》えたまま先端を舌で愛撫《あいぶ》し、たまに裏側を舐《な》め上げたりしていたら、強引に口から抜かれた。

「んっ……!?」

――まだ八子さん、達してないのに。

「はいもう終わり」

八子さんが困り顔でため息をつく。

「でも……まだイってませんよね」

「俺はいいから。俺は君の中でイキたいの！」

八子さんが私から逃げるように腰を引く。

彼は照れたような顔をしていたけれど、君の中でなんて言われるとこっちまで照れる。

「……っ、じゃ、じゃあ……私の中で、イってください……」

「言われなくともそのつもりです。あー、びっくりした。まさか真白があんなことしてくれるなんて思わなかった」

「……イヤでしたか？」

「まさか。めちゃくちゃ嬉しかったし、気持ちよかった」

それを聞いてホッとしたし、やってよかったと思った。でも、そんな風に考える余裕があったのはここまでだった。すぐに避妊具をつけた八子さんが私の中に入ってきたからだ。

「あっ……あ、ん……！」

前回はもっとキツい感じがしたけど、今日はキツさを感じない。なのに中の彼を前回より大きく感じて、奥に到達するまでの間、息をするのを忘れてしまった。

「真白……大丈夫？」

固まっている私を見下ろしながら、八子さんが顔を覗き込んでくる。彼が急に近くなったので、反射的に彼の首に自分の腕を巻き付けた。

「気持ちいい……」

引き寄せた彼の頭の横で、ぽつりと本音を漏らす。

私の中を、隙間なくぴったりと八子さんが埋めてくれた。そんなイメージ。

彼は下半身を動かさないまま、何度も私にキスをしてきた。

「真白……」

「……や、八子さんっ……」

キスの合間に名前を呼ばれると、それだけで子宮がきゅんきゅんする。私も彼の名を呼んだけど、違う、と苦笑いされた。

「そこは名字じゃなくて名前だろ……」

八子さんはお仕置きとばかりに下唇を甘噛みしてきた。でも、まだなんとなく名前では呼びにくい。でも、勇気を出して彼の名を口にしてみる。

「……じ……諄……？」

たぶん、社内で八子さんの下の名前を口にした人ってほとんどいないんじゃないかな。

そう考えたら、私だけに許された特権みたいに思えて、じわじわと嬉しさが込み上げてきた。

同時にそれは八子さんにとっても同じだったらしく、私の中にいた彼が急に大きさを増したような気がする。

「……っ、は……やばっ。俺、名前呼ばれただけでイキそうになった……」

私の肩辺りに顔を埋《うず》めている八子さんの、笑い混じりの吐息が肌に触れる。

「う……嘘ですよね？」

「いや、マジ」

至近距離で顔を合わせ、唇を強めに押しつけられた。

「……っ、んあ……」

肉厚な舌に翻弄《ほんろう》されながら、自分からも舌を絡めにいった。

キスをしながら彼が腰を動かし始める。ゆるゆると私の中を探るように動き、時折ぐっと奥に押し込んでくる。

「んっ……んん!!」

その度に声が出て、目をぎゅっと閉じてしまう。苦しいわけじゃない。そうじゃないけど、余裕がないのだ、今は。

「……好きなところとか教えてよ」

唇を離した八子さんが、耳元でそっと囁《ささや》いた。

――好きな……ところ……？

一瞬頭が真っ白になった。そういえば私、セックスに関して自分の好きな場所がよく分かっていないかもしれない。

「わ……分かんない、です……」

「そうなの？」

「……でも、八子さんに触れられるのは……好きです」

上体を少しだけ起こした八子さんが、じっと私を見つめてくる。

「真白は……俺の扱い方がよく分かってるね」

八子さんが再び私の首元に顔を埋《うず》めた。そのまま、首から鎖骨までのラインに何度もキスをされた。最後の一回は吸い付きが強かったので、たぶんまた痕《あと》をつけられたと思う。

「じゃあ、一緒に好きなところ探《さぐ》ってみようか？」

みようか、と言ったわりに、私はほぼ喘《あえ》いでいるだけだったので、結構一方的だったと思う。

一旦引いて浅いところに屹立《きつりつ》を擦りつけたり、かと思えばいきなり奥へ挿入してきて、短いスパンで打ち付けられたりして、すでに私はぐったりだ。

――や……八子さん、体力ある……本当に病《や》み上がり？

まだ彼は私の中にいるのだが、動かずクールダウン中である。

「八子さん……本当に病《や》み上がりですか……？」

すでにハアハア息が上がっている私に対して、彼は息一つ上がっていない余裕の表情。

「なんでそんな嘘つくんだよ」

笑いながら枕元にあった水の入ったペットボトルを掴み、ごくごく喉を鳴らしながら飲む。

――私も水欲しい……

「すみません、水、私にも……」

手を伸ばしたらそのまま八子さんにぐいっと引っ張られ、上体を起こす。すると顔を近づけてきた八子さんに口を押しつけられた。キスじゃない、と思っていたらすぐ口に水が流れ込んできたので、驚いてしまった。

「……っ、ちょっ……びっくりした!!」

驚いたせいかどうかは分からないけど、口の端からだいぶ水がこぼれてしまった。

「いや、水飲みたそうにしてたから」

「普通でいいです、普通で」

「あー、こんなにこぼしちゃって」

八子さんが私の口の端からこぼれた水の跡を舌で辿《たど》っていく。口の端から顎《あご》、鎖骨、乳首……と順番に舌を這《は》わされて、背筋がゾクゾク震えた。

もうそこは濡れていないのに、彼は乳首から離れない。舌で弄《もてあそ》ぶように舐《な》められ、時に強く吸われる。

「……っあ、や、だっ……そこもう、濡れてないっ……」

「んー？　いや濡れてるよ。俺が舐《な》めたからだけど」

執拗《しつよう》なほどにそこばかり攻められる。反対側は先端を指で弾くように愛撫《あいぶ》されて、一気に愛液が溢《あふ》れ出すのが分かった。

「あ……、っん、ダメ……!!」

「……すごく濡れてきた。気持ちいいんだ？」

味を占めてか、更に胸への愛撫《あいぶ》は続く。それだけでもう全てがどうでもよくなりそうなほど気持ちがいい。股間はもう、愛液でどろどろの状態だ。

いっそのこともうイかせてほしい。頭の中はそのことでいっぱいだ。

「もう……っ、いいからあ……イっ……ちゃう……！」

「……ん？　じゃあ、一緒にイこうか」

ようやく乳首から離れた八子さんが、私の脇の下から手を入れて体を抱き締めてくる。

お互いに座った状態で密着しているので、私の中にいる八子さんの分身が、自重でより奥の方に感じる。

「ちょっと揺らすけど、ごめん、耐えて」

「えっ……あ、あっ!!」

いきなり下から突き上げられて、たまらず声が出てしまう。彼の肩の上に手をのせていたけれど、それでは体が支えきれず、首に手を回してしがみついた。

「んあっ……!!　はっ……あっ……!!」

何度も突き上げられて、下腹部から甘い痺《しび》れが全身に広がっていく。それだけにとどまらず、彼の手が乳房を激しく捏《こ》ね回し、二カ所から与えられる快感に、もう耐えられそうもない。

——ダメ……もう何も考えられな……

八子さんと最初にした時も、最高に気持ちよかった。こんなセックスはもう経験できないんじゃないかと思えるくらい、素晴らしい経験だった。

でも、今回はそれ以上だ。もちろん私の気持ちの変化が一番の理由ではあるけれど、まさかあれ以上のセックスがあるなんて思わなかった。

「あっ……!!　も……もう、ダメっ……イく……!」

声に出したのとほぼ同時に達した。奥に八子さんを感じたまま快感に身を任せていると、ほどなくして八子さんが小さく呻《うめ》き声を上げる。

「は……、あっ……!!」

ひときわ激しく腰を打ち付けたあと小さく震えた八子さんが、荒い息を吐いて私の肩に額を当ててくる。

ほぼ同時に達したことに小さな幸せを感じながら、私は彼のこめかみにそっとキスをした。

顔を上げた八子さんが額に汗を滲《にじ》ませながら、私の頬にキスを返してくれる。キスのあと、私と目を合わせて微笑む八子さんを見ていると、胸の奥からじわじわと喜びが込み上げてきた。

いつの間にかこの人のことがすごく好きになってる。

「……ん？　どうした？」

私が何か言いたそうに彼を見つめていたせいだろう。視線に気が付いた八子さんが、不思議そうな顔で尋ねてくる。

「あの……なんか、八子さんのこと、すごく好きになってるなあって思って……」

素直な気持ちを伝えたら、八子さんが枕に突っ伏した。

「どうしました？」

「……いや、真白は俺を喜ばせる天才なんじゃないかなと……」

「あ、喜んでくれたんですね？　よかった」

八子さんが枕から顔を上げた。ちょっと照れた顔もまた格好いいし、好きだ。

「とかいって。実はまだ物足りないとか？」

「そっ……そういうんじゃないですから……」

冗談かと思ったのに、若干の休憩を挟んだあと、彼に再び組み敷かれた。

私を見下ろしながら微笑む八子さんの股間は、すでに元気を取り戻している。

――い、今したばかりだよね??

「あの……、八子さん……？」

「ほら、真白も俺も、明日は仕事でしょ。だから早いうちにお互いを心ゆくままチャージしておこうと思ってね」

「お互いってそれ、主に八子さんなのでは……？」

もちろん彼とイチャイチャできるのは嬉しいけど、私はそこまで性欲が強くない方だ。一度でじゅうぶん満たされていたのだが。

「まあ、そう言わずに」

「ん、ちょっと……あっ……!!」

首筋に強く吸い付かれ、大きな手が乳房を包んで、ゆっくりと指の腹を使い揉み込まれる。軽く愛撫《あいぶ》をされただけで体が敏感に反応してしまった。

そうなるともう、八子さんの思うままだ。もちろん私も拒否するつもりはない。

――もう……年上なのに、こういう時だけは年下みたいに元気なんだから……

元気な八子さんのおかげで、結局深夜まで愛の行為に及ぶことになった。帰る頃には体はヘトヘトだ。でも、やっぱり恋愛っていいな。もちろん仕事も好きだけど、好きな人がいるとなお、仕事も頑張ろうと思えるのが不思議だった。

強制的に八子さんをこれでもかとチャージしたおかげで、妙に元気いっぱいの私なのだった。

## 五

八子さんとのお付き合いが始まった。

もちろん両思いになれて嬉しいし、幸せだ。だけど、関係は公《おおやけ》にしていないので周囲にはたぶんまだバレていないと思う。

——いや、井口さんや甲本さんにはバレてるかもしれないけれど……

久しぶりの交際がどうなるのか。ブランクもあるし、年齢が年齢なので、構えていたところがあったのだが、意外と付き合いだしてもこれまでの生活と大きな変化はなかった。

というのも、八子さんがやっぱり忙しいので頻繁《ひんぱん》に会ったりはできないし、メッセージのやりとりも昼間はない。デートもそのうちお互いの都合が合えば行こうか、みたいな感じなので、あまり強制的ではないというか、緩い感じ？

でも、逆にそれがいい。

恋人ができても、私はやっぱり仕事を頑張りたいし、一人の時間だって必要だ。もしかしたら、私のそういう性格を分かっているハ子さんが、敢えて付き合い方を私に合わせてくれているのかもしれないけれど。

——でも、なんというか八子さんの、そういう大人の余裕みたいなもの？　が私にとってはすごく心地がいいんだよね……。

仕事はこれまでどおり集中して、終わったらビールを飲みながら八子さんのことを考えてちょっとほっこりなんかして。無意識のうちに公私のメリハリができているのだ。

——なんか、すごく生活が潤《うるお》った気がする……！

最初は恋愛を少し億劫《おっくう》に思っていた私にとっては、新発見の連続だった。

今日はデスクワークが中心で、ほぼ一日中自分の席にいた。もうすぐ定時だな～と何気なく時計に目をやると、スマホにメッセージが届いた。

——ん。八子さんかな。

スマホの画面を見ると相手は八子さんではなく親友の文で、画面に表示されたメッセージには【助けて～!!】とある。

「えっ……？　た、たす……？」

文がこんなことを言ってくるのは珍しい、というか今までにない。何事かとスマホのロックを解除してメッセージを見る。

要約すると、本日来店予定だった団体のお客様が直前にキャンセル連絡をしてきたらしく、それ用に仕込んでおいた食材がこのままだと無駄になってしまう。だから誰か連れて食べに来てくれないか、という内容だった。

——なるほど。そりゃ大変だわ。

親友の一大事に私が立ち上がらなくてどうする。というわけで。

「……でさ。井口さん、一緒に行ってくれないかな？」

私は早速、近くにいた井口さんに声をかけてみる。友人が困っていると説明をしたら、彼女は快《こころよ》く承知してくれた。

「いいですけど、その予約って十名様だったんですよね？　私達二人じゃ食べきれないのでは……？」

「うん、だから井口さんも、他に誰か誘えそうな人いないかな。料金はかからないから、本当にただ美味《おい》しいご飯を食べに来てもらうだけなんだけど」

「うーん、私が誘えるのは同期の子一人くらいかな……あとは残ってる人に声をかければそれなりに集まるとは思いますけど」

当日キャンセルをしたお客様がお得意様で、料金は全額支払い済み。ただ食材だけが余ってしまうという状況らしい。

とにかく今夜食べに来てほしいというのが文の希望だ。

取り急ぎ何人か連れて食べに行くと文に連絡は送っておいたので、あとは人を集めるだけなのだが……

「そうねー、まだ残ってる男性社員にも当たってみるかなー。ご飯食べに来ないかって」

「食べに来ないかって、どこに？」

ご飯をたくさん食べてくれそうな男性社員を頭に浮かべながら、独り言を言ったつもりだった。

しかし、いきなり後ろから聞き慣れた声がして、ひゅっと喉が鳴りそうになった。

この声は六谷さんである。

振り返ると、たぶん外回りから戻ってきたところなのだろう。ジャケットを羽織り、ビジネスバッグを持った六谷さんが私の後ろに立っていた。

この前のことがあって以来なので、正直気まずい。真っ直ぐに彼の顔を見るのが精一杯である。

「……お疲れ様です」

「会話の途中にごめん、通りかかったら話が聞こえたんで気になって。どういうこと？」

一瞬だけ気まずそうな顔をした六谷さんだったが、すぐに上司の顔に戻った。

正直、あんなことがあった手前、六谷さんに私的なことを話すのは気が引ける。でも、親友のピンチを救うためだ、仕方ない。

「えーと、それがですね……」

私が事情を話すと、六谷さんは「そういうことか」と頷いている。

「あと何人くらい必要なの？」

「あと七人くらいですかね……あ、でも、大丈夫です。人数足りなくてもテイクアウトでどうにかするので……」

「それでも作りたての料理をその場で食べた方が美味《おい》しいだろう？　いいよ、俺があと七人集めてくるわ」

「えっ!!　……あ、ありがとうございます……!!」

私がお礼を言い終わる前に、六谷さんがフロア内に向かう。「ちょっといい？」と彼が声をかけるのが何回か聞こえた。

六谷さんが二十代の社員を中心に声をかけてくれた結果、あっという間に七人集まった。井口さんの同期の女性もＯＫしてくれたので、これで私と井口さんを含めて十人だ。

すぐに文に人数が集まったと連絡したら、めちゃくちゃ感謝しているという意味のスタンプが連続で送られてきて、ほっこりした。

「お友達、なんだって？」

六谷さんが戻ってきて、尋ねてきた。

「あっ……はい。すごく喜んでます。本当に助かりました、ありがとうございます」

お礼を言いながら頭を下げたら、六谷さんが心底ほっとしたような顔をする。

「いや。この前鳥梯には悪いことをしたんでね。せめてもの罪滅ぼしだ。これくらいさせてくれ」

「……そ、そうですか……」

「あと、その七人には俺も入ってるんで、あとから店に向かうよ」

――え。六谷さんも来るの。

予想外のことを言われて、思わず顔が強張《こわば》ってしまう。

そんな私の反応を見て、六谷さんが苦笑する。まるでこういった反応も想定内だったかのように。

「ごめんな、俺も入ってて」

「……いえ。じゃあ、私は先に向かいますので……」

一礼してから自分の席に戻った。

速攻で人を集めてくれたのは本当にありがたいと思っているし、改めて六谷さんのことをすごいと思った。でも、このあとも顔を合わせなくてはいけないのは少々気が重い。

――別に罪滅ぼしとかいらないんだけどなあ……

とはいえ、いつまでも鬱々《うつうつ》としているわけにもいかない。急いで六谷さんが集めてくれた社員にお礼を言いがてら店の場所と連絡先、営業時間などを伝える。それから井口さんと彼女の同期の女性社員と一緒に、文の店に向かった。

うちの会社が入るビルからその洋食店は電車などを乗り継いで四十分ほど。私鉄の小さい駅からすぐのところにある商店街の中に文が家族と営んでいる洋食店がある。

カウンター席とボックス席が数席、それと二階にテーブル席がいくつかある小さな店は、文が店を継ぐことが決まって一度改装工事をした。その際にレトロな部分は残しつつ、文好みのカントリー調な内装にリニューアルしていた。

文曰《いわ》く、改装工事をしてから女性客の入りが増えたらしい。確かに天然木をふんだんに使用していて、女性が好みそうな温かみのある雰囲気である。

今日は予約のお客様のために店を貸し切りにしていたそうなのだが、お客様が急な体調不良ということで当日になって集まりが延期となってしまった。

「ありがとね～～。もー、キャンセルって言われた時はどうしようかと……今日はそのつもりで宴会用の食材を中心に仕入れちゃったからさー。でも真白のおかげで助かったよ」

私達が店に到着した時にはすでにテーブルが店内の中心に集められすっかり宴会仕様になっていた。

豪華な前菜だったり、サラダの大皿、ローストビーフなどのお肉料理。その中でもひときわ目を引いたのは、素晴らしい照りのスペアリブ。美味《おい》しそう。

「わー、なんか食べたことないものがたくさんある……スペアリブとか、メニューにあったっけ」

「通常メニューにはないんだけど、たまに日替わりで出すこともあるのよ」

「そうなんだー。このあと若い男性社員が来るから、喜びそう」

脂が照り照り光っているお肉を見ているだけで口の中が唾液でいっぱいになる。こんなの絶対美《お》味《い》しいに決まっている。

私がテーブルの上の料理に釘付けになっている間、文と井口さん達が挨拶《あいさつ》していた。

「初めまして、井口と申します。美味《おい》しい物がたくさんいただけると聞き、鳥梯さんについてきました。素敵なお店ですね」

「初めましてー。真白の友人の下山田です。もー、ほんっとうに来てくださって感謝です!! 今日は、お腹いっぱいにしてってくださいね! 飲み物もフリードリンクでいいですよ。アルコールだけは有料ですけど」

「えっ。文! いいよ、ドリンク代は払うから!」

太っ腹な文に慌ててお金を払う意思があることを伝える。これだけの料理をタダでいただくのに、ドリンク代まではさすがに甘えられない。

「いいって。せっかく来てくれたんだもん。これくらいは。それにキャンセルしたお客さんが多めにお金払ってくれたし」

「いや、それはそれ、これはこれ。いいかな、井口さん」

同意を求めたら、井口さんも大きく頷いている。

「そうですよ。こんなすごいご馳走をタダでいただくんですから。せめてドリンク代は受け取ってください」

普通に話しているのになぜかやけに説得力のある井口さんの言葉。それもあって、文の気持ちに変化があった。

「そう? じゃあ……ドリンク代だけもらおうかな? なんか、逆に気を遣ってもらってありがとうね。ちなみに料理これだけじゃないのよ……このあとリゾットとかデザートも出るから、本当にお腹いっぱいになるまで食べてってね」

「そんなにあるんだ？　すごいね……」

テーブルの上に並んでいるだけでもかなりあるのに。予約した人、どれだけ食べる予定だったんだろう。

「ちなみにどんな人が来る予定だったの？」

「男性十人の団体様で……あ、常連様なんだけどね」

「そ、そっか……」

なるほど。男性十人だったらこれくらいの料理は難なく消費できるだろうな。

他の社員が来るまで、飲み物と前菜をちょっと摘まむ程度にとどめておこう、と決めてドリンクを注文した。私はビール、あとの二人はソフトドリンク。

注文すると文が一人でドリンクの準備を始めた。いつもならご両親も厨房にいるはずだが、今日は姿が見えない。

「ねえ。今日はご両親いらっしゃらないの？」

カウンターに腰を下ろし、手際よくグラスビールをサーバーから注《つ》いでいる文に尋ねた。

「そうなのよ。今日は団体さんで貸し切りだったから両親には休んでもらったの。あらかた仕込んであるんで、私一人でもそんなに大変じゃないからさ」

「へえー。いい娘だね」

「でしょ」

ふふ、と文が微笑む。髪を後頭部で纏《まと》めて結い、白いユニフォームを着た文の仕事している姿は格好いいと思う。もちろん顔も綺麗だし、私が男だったら惚れるレベルだ。

井口さん達の方をちらっと確認すると、料理が並んでいるテーブルに二人で並んで座り、話に花が咲いている様子。これなら私達の会話はほぼ聞こえないだろう。

「ねえ、あれから例の人とはどうなったの？」

グラスビールを私に渡しながら、文がいきなり尋ねてきた。

「急にきたな」

文が私を見てニヤリと笑う。

「うん……なんか、私が最初に思ってたのとは違ったけど、結構上手《うま》くいってるよ」

「へえ。よかったじゃん。最初はあんなこと言ってたからどうなることかと思ったけど。やっぱり、私が言ったことは当たってたんじゃないの？」

「うっ。それは……そうだった……」

確かに、文は最初から八子さんが私に好意を持っていると言っていた。

「上手《うま》くいってるってことは、真白も相手のこと好きになったんだ？」

改めて「好きになってる」とか口に出されるとまだなんというか、こそばゆい。

でも、私は迷うことなく「うん」と頷いた。

「そっか～。よかったね。好きな人がいると毎日が華やかにならない？　ちょびっと色づくというかさ」

「うん、分かる。そういう文はどうなのよ。彼氏とは上手《うま》くいってるの？」

ビールを飲みつつ今度は私が文に尋ねると、彼女はウーロン茶を飲んでから小さく頷いた。

「まあねー。ぼちぼちやってるよ。もう付き合って長いからすっかり家族みたいになっちゃってるけど」

「専門学校の時からだっけ？　本当に長いよね……」

文の彼氏は専門学校の同級生でイタリアンのシェフをしており、現在はイタリアに修行に行っているらしい。

「いつまで向こうにいるんだって？」

「んー……一応来年くらいには戻ってくるって話だけどね。そしたら結婚して、一緒に店をやるかってことになってる」

夫婦で一緒にお店をするのかー。

メニューについて案を出し合っている姿とかを勝手に想像して、素敵だなあと、うっとりしてしまう。お互いに高め合える存在が人生の伴侶でもあるなんて、最高じゃないか。

「へえ～。じゃあここ、イタリアンになるの？」

「いーや？　ここはこのままだよ。二階を改装してイタリアンにするとか、二号店を出すとか……その辺は今後の話し合いかな」

「そっかー。楽しみだねー。じゃあ将来私が結婚することになったら文がケーキ作ってね」

「いや私パティシエじゃないから」

クスクス笑いながら話に夢中になっていると、店のドアが開き声をかけた社員達が入ってきた。

「こんばんはー！　あ、鳥梯さん。ご飯食べに来ました!!」

六谷さんの部下である若い営業担当の社員が数人と六谷さん本人、あと女性社員が数人の合計七名が来店したことにより、一気に店内が賑《にぎ》やかになった。

「こんばんは。六谷さんに誘われたんで来ちゃいました」

普段あまり接することがない営業部の女性社員まで来てくれた。六谷さんに誘われたから来た、っていうのが彼がやり手だというのを如実《にょじつ》に表しているなあ……と心の中で感服した。

「ありがとうございます！　皆さんどうぞお好きな席に着いて……」

文がドリンクのオーダーを取りに行ってしまったので、私が店員のように来た人達を席に誘導する。その時、あまり会話をしたことのない女性がいることに気付き、ハッとする。

六谷さんの後ろからひょこっと顔を出した女性は、肩までのミディアムストレートヘアと際だった美しさで社内でも有名な社長秘書、東《ひがし》さんだ。

「こんばんは。六谷さんに誘われて喜んで来ちゃったの。鳥梯さんよね？　ちゃんと話すのは初めてかな」

「あっ……こんばんは。何年も同じ会社にいるのに、言われてみたらそうですね」

ふふふ。とお互いに微笑み合いつつ、席に案内する。

この二人、入社したのは六谷さんが先で東さんの先輩にあたるのだが、年齢は同じらしい。

その東さんと仲良くしている社員も一緒に来ていて、彼女達が並んで席に着いた。

「本日は急なお願いにもかかわらずお越しくださってありがとうございます!!　本当に助かりました！　食事代は結構ですので、どうぞお腹いっぱいになるまで食べていってください」

文がこの場に集まった全員の目を見ながら、何度も頭を下げる。

「あ、食事代はタダだけどドリンク代は徴収しますからね～」

私が付け足すと、みんながふふっ、と笑いを漏らす。もちろんこれに対して反論する人は誰もいない。むしろ、ドリンクだけでもお金を取ってくれという人ばかりだった。

「もちろんですよ。料理をタダでいただけるだけで嬉しいし」

「すごいご馳走だもんな。こんな料理、普段なかなか食べる機会ないよ」

料理を前にして皆テンションが上がっているようだ。それを見てホッとした。

「じゃ、全員揃ったところで皆さんお食事始めましょう」

私が声をかけると、全員が手を合わせていただきます!!　と合唱した。事前に示し合わせたわけじゃないのに勝手に揃ったところがちょっと笑えた。

お料理は基本的に洋食なのだが、ところどころジャンルを問わないものもあった。

「なんか、油淋鶏《ユーリンチー》みたいなのがあるね。あとキッシュとか……」

「まあね。うち洋食屋だけど、昔からのお客さんのリクエストとかもあってカツ丼とか出すし。わりとなんでもありなのよ」

文が笑いながら、このあと出すリゾットの準備をしている。手際がいいので、話をしていても視線はどうしたって彼女の手元にいってしまう。

――上手《うま》いなあ……さすがシェフだわ。

「ねえ、なんかえらく格好いいお兄さんがいるけど、あの人は誰なの？」

みんなが座っている辺りと私を交互に見ながら、文が私に問う。

「格好いいお兄さん……？　ああ、六谷さんのことかな。あの人は私の元上司の先輩社員だよ」

文が見ている辺りで格好いいお兄さんというのは六谷さんくらいしかいない。まあ、確かにこうしてみると六谷さんってイケメンだし、目立つかもしれない。

「元上司って……異動になっちゃったっていう人？」

「そうそう」

以前私が新しい仕事を任された時、代わりに上司が異動することになってしまった。という話を文にしたことがある。彼女はそれを覚えていたのだろう。

「へえ……あの人がそうなのか。私さあ、あの人が店に入ってきた時、てっきり例の話の人なんじゃないかって思っちゃったのよね」

文の勘違いにギョッとする。

「んなわけないでしょう。例の人は取引先の人だって言ったじゃん」

「うん、それを思い出して、違うかーって。でも、間違いが起きてもおかしくないくらい、いい男だなーって。いいわね、素敵な元上司で」

「ま……まあ……そうね……」

確かに素敵だと思っていたよ、この前までは。

でも、あの一件で、私の中にあった六谷さんのイメージががらりと変わってしまった。そのせいであの人の話題を出されるとどうも気持ちが暗くなる。

「……あら。あんまりこの話題が好きじゃないみたいね。顔がどんよりしてる」

「見て分かるならもうこの話やめていいかしら……」

「うん、じゃあリゾット用のお皿出してくれる？　平皿ね」

このあとは主に文のアシスタントとして、ドリンクを運んだり空《あ》いた皿を片付けて洗ったりなどの作業をした。もちろん食事を摘まみながらビールも飲んだりして、私なりに食事も楽しんでいる。

料理は順調に片付いていき、文が作っていた締めのチーズリゾットは大好評で、あっという間になくなってしまった。今はおのおの好きなデザートを好きなだけ取って食べるビュッフェを楽しんでいる。

「じゃー、鳥梯さん。私そろそろ帰りますね。お土産《みやげ》もいただいちゃって、本当にありがとうございました」

私と文に声をかけてきたのは井口さんとその同期の女性だ。料理はだいぶ終わったものの、まだサラダやデザートが残っているので、それをテイクアウト用のケースに入れて持ち帰ってもらうことにした。

「いえいえ。今度は普通に食べにいらしてくださいね」

「はい、ぜひ！　じゃ、お先に失礼します」

「はーい。お疲れ様でした」

文と二人で彼女達を見送ってまた店内に戻る。すると、ここまで私に話しかけてくることもなかった六谷さんに声をかけられた。

「鳥梯、ちょっといいか」

「あ、はい……」

救いを求めて文に視線を送ったら、どうぞどうぞとばかりにキッチンに行ってしまった。こうなるともう逃げ場がなくて、仕方なく六谷さんの隣に座った。

——なんだろう。またこの間の話かな。正直言って、あれ以上話すことなんかないんだけど。

なんか理由をつけて早めに会話を切り上げよう。そんなことを考えていると、六谷さんが口を開いた。

「東が鳥梯と話したいんだって」

「へ？」

……東さん？

「そうなの。私、前から鳥梯さんと話してみたかったんだ」

私が座っているのとは反対側の六谷さんの隣から、東さんがひょこっと顔を出した。さっきまで彼女と仲良く話していた同僚の女性は、営業担当の若い男性社員と話している。

「え……ありがとうございます。でも、なんで……」

話してみたいと言われて、イヤな気なんかしない。

「えー。だって、六谷さんが手塩にかけて育てた可愛い後輩って言うから、どれだけ可愛いのかずっと気になってたの。あ、外見は言うまでもなく可愛いのは当たり前、ってことね？」

笑顔で「ね？」と言われると、こっちは笑うしかない。

六谷さん、普段東さんに私のことをどう話していたのだろう。そっちが気になって仕方ない。

「な、可愛いだろ。でも、鳥梯は本当にすごい頑張り屋だからさ。仕事もそつがないし、安心して任せられる」

それに頷きながら、東さんが口を開く。

「うん。その辺り社長もすごいって言ってた」

「ありがとうございます……そう言っていただけると頑張ってる甲斐がありました」

「そうそう。それと八子君との相性もいいって言ってた。鳥梯さん、八子君の扱いが上手《うま》いなーって、社長が褒《ほ》めてたよ」

それまで笑顔で話を聞いていた私だが、彼女の言葉に笑顔が固まる。

——八子……君？

やけに親しげな呼び方が気になった。

彼のことをこんな風に呼ぶからには、それなりに交流があるということ？

——八子さん、東さんとも交流があるの？

どういう関係なのか気になって、私の中にモヤモヤした感情が広がっていく。でも、よくよく考えたら八子さんは社長と懇意にしているのだった。それならば社長秘書をしている東さんと面識があってもおかしくない。

——でも、八子君……君呼びだよ？　社内で八子さんのことを君呼びしてる人なんかいたっけ。

いいや、いない。

絶対おかしい。絶対なんかある。

「あの……、東さんと八子さんはお知り合いなんですか？」

変に思われないよう、笑顔を無理矢理顔に貼り付けて東さんに尋ねる。それに彼女は、まばゆいばかりの笑顔で答えてくれた。

「ああ！　そうなのよ、実は同じ高校だったの。クラスは違うんだけどね」

「え。同級生なんですか⁉」

なんと。まさかの同じ高校とは……！

「私、高校時代の友人とはもう疎遠になっちゃったから、以前仕事でうちに来た八子君に遭遇した時はびっくりしたわ。まさかこんなところで再会するとは思わなかったし、彼、高校時代モテモテだったけど、大人になったらますます格好良くなっちゃってたし」

私と八子さんのことを知らない東さんは、きっとなんの意図もなく思い出話をしてくれているのだろう。

でも、私達の関係を知っている六谷さんは、東さんの話を聞いて私の方をちらっと横目で見てくる。

――高校時代もモテモテね……まあ、そうだろうとは思ってたけど、当時を知る人から聞くと、やけに重みがあるわね……

「さすが八子さんだな。今も変わらずモテモテだよ」

六谷さんがわざとらしく東さんに返す。

つい私がいるからこんなことを言うのでは？　と穿《うが》った見方をしてしまう。

「あー、やっぱり。高校の時も可愛くって有名な子と付き合ってたよ。美男美女で、並んで歩いてると周りの目がそこに集中するの。すごかったな」

「その子とはどうなったの」

「んー……噂だと、大学進学する時に彼女が芸能関係を目指すから、それで別れたとかなんとか……実際その子、今芸能界にいるみたいだし」

「は……⁉　そ、そうなんですか？」

黙っているつもりが我慢しきれず声を出してしまった。すると東さんが、そうなのよーと神妙な顔で頷いている。

「グラビアから始めて、今はタレント活動してるみたいなのよね。なんか、今度ドラマに出るとかいう話も聞いたわ」

「そ……そうなんですね……」

――そんな人ともお付き合いしてたんだ……

「でも、八子君格好いいし、今も狙ってる子多いと思うのよね」

「……は、はいまあ……そうかもですね……」

相づちを打ちにくい内容に、顔が引きつりそうになる。この場に六谷さんがいなければまだよかったのに。

「鳥梯さんから見てどう？　最近八子君と仲良くしてる子っている？」

「えーっと……ど、どうですかね？　私は仕事でしか接点がないので……」

話している間、六谷さんからの視線がずっと私に刺さり続けている。やめて。こっち見ないで。

東さんは私の話を信じてくれたのか、そっかー、とため息をついた。

「私もそろそろ彼氏が欲しいし、思い切って八子君に迫っちゃおうかな」

「……え。せ、迫る……ですか？」

「そう。迫れば付き合ってくれるかなって。六谷さんが、八子君はまだフリーだって教えてくれたから」

「ろ……っ！」

——この……六谷め……!!

いけないと分かっていても、気が付いたら六谷さんを睨《にら》み付けていた。きっと私の反応は六谷さんにとっては想定内で、彼は私の視線など痛くも痒《かゆ》くもないといった様子で平然としていた。

「そ……その……東さんは八子さんのことが好きなんですか……？」

「んー……」

東さんが手元にあったドリンクのストローをくるくる回す。

「好きっていうのとは違うかもだけど、なんせ顔がいいじゃない？　やっぱり、イケメンは正義よね」

「へ？」

つい顔が真顔になる。

男性社員の憧れの的《まと》でもある東さんの口から出たとは思えない言葉に、少々頭が混乱した。

——ん……？　ま、待って……。今の、東さんが言ったんだよね？

「ほら、顔が良ければいろいろ許せることとかあるでしょ？　イケメンなら多少話が合わなくても、一緒にいて苦痛じゃないし」

「そ……そんな基準なんですか？　恋人にするならもうちょっと何か……」

「うーん、ほら、私ぐらいの年になると、今から恋人候補になりそうな人を探して、口説いてっていうのが正直面倒っていうか……だから八子君ならお互いに顔も知ってるし、手っ取り早いかなって」

「て……手っ取り早い、ですか……」

なんというか、最初八子さんとああいうことになった時、自分もそんなようなことを考えていたので耳が痛い。

東さんがそう考えるのも分からなくはないが、自分の恋人となった八子さんに対してそういうことを言われるのは、心中かなりモヤモヤする。

——でも、私も最初は八子さんにこういう態度を取っていたってことだよね……向こうはちゃんと恋愛するつもりでいてくれたのに、なんだか申し訳なかったな……

心の中で肩を落とす私に、東さんが小さく頷いている。

「そうそう。深い理由なんてないのよ。だからさ、鳥梯さん。今度八子君に会ったら私の連絡先を渡してくれないかな」

「えっ。私がですか⁉」

突然のお願いに本気で驚いた。そのせいで今は笑顔が完全に崩れている。でも、さすがにこの状況で笑顔になんかなれない。

でも、東さんはなんで驚くの？　みたいな顔をしているので、私が驚く理由がよく分かっていないらしい。

「そうよー。だって今、八子君と直接やりとりがあるのは鳥梯さん達じゃない。たまーに社長のところに来ることがあるけど、あの人達、私を通さないで直接やりとりしてるから……ね、だからお願い。八子君に私が連絡取りたがっていることを伝えてくれる？」

東さんがバッグの中に手を入れて、ケースから一枚名刺を取り出した。彼女はそれをテーブルに置き、持っていたボールペンで何かを書き始める。

「ここに連絡くれって言っといてくれる？　電話でもメッセでもいいからねって」

「えっ！　あの、申し訳ないのですが。八子さんは仕事相手ですし、取りかかっている案件の責任者としてそういうことは、できかねます……」

仕事を理由にしてなんとか穏便に断ろうと頭をフル回転させる。これで東さんが諦めてくれないだろうか。

祈るような気持ちでいると、なぜかこのタイミングで六谷さんが割って入ってきた。

「そりゃそうだよなー。いくら鳥梯が八子さんと親しくしてるからって、名刺を渡して連絡くれとかプレゼント渡したりとかしたら、八子さん狙いの女子がみんな鳥梯を頼るようになっちゃうだろ」

——え。六谷さん。まさか助けてくれるの？

すると、東さんが軽く口を尖らせる。

「えー。じゃあ、鳥梯さん、八子君の連絡先教えてよ。ほら、私元同級生だしさ。知らない仲じゃないじゃない？」

「いいえ、そう言われても……さすがに個人情報は教えられませんよ！」

「じゃあ、やっぱり名刺渡してもらうしかないじゃない！　ねえ、お願い!!　鳥梯さんに迷惑かけないから、渡してもらうだけでいいのよ。ね？」

両手を合わせてお願いされてしまう。

「え、そんなこと言われても……！」

困惑しながら助け船を求めて六谷さんに視線を送る。さっきは助けてくれたのに、なぜか今はビールを飲みながらニヤニヤしているだけで、六谷さんが助け船を出してくれる様子はない。

そんな六谷さんに、本気でイラッとした。

「か、確実に渡せるかどうかは分からないですよ!?」

「いいわよー！　じゃ、お願いねっ！」

なかば押しつけられる形で東さんの名刺が私の前に差し出された。

——も……もう……!!　なんでこうなるの……？

「それじゃあ私、片付けの手伝いをしてきますので……」

もうダメだ。この場にいることに耐えられない。

「あ、私も手伝おうか？」

「いえ！　大丈夫です。東さんはどうぞそのままで」

彼女が立ち上がろうとするのを制して席を立った。六谷さんからの視線を背中に感じたけど、敢えて無視してそのままキッチンへ移動した。

「……文……助けて……」

虫の息で彼女の腕に縋《すが》り付く。全ての料理を出し終えた文は明日の仕込み作業をしていたけれど、私がただならぬ顔でやってきたので、作業の手を止めざるをえなかったようだ。

「な、何……⁉　どうしたの？」

私が今起きたことを小声で彼女に伝えると、文も眉尻を下げる。

「あらら……それは、なんとも面倒なことになっちゃったね。で、その名刺、本当に渡すの？」

「いや、渡すつもりなんてないわよ」

私の手のひらにある名刺に、文の視線が注《そそ》がれる。

「渡すと確約してないんだから、別に渡さなくてもいいんじゃない。そんなの、もらった方も困るでしょ」

「うん……」

至極真っ当な文の意見に頷く。

東さんが八子さんのことをただの同級生としてしか見ていないのなら、なんのためらいもなくこの名刺を渡すことができた。でも、彼女が望んでいるのは八子さんと恋人になることだ。それを知っているのに連絡先を渡すなんて私にはできない。というか、やりたくない。

――やっぱり、正直に話して、東さんに返そう！

今だったらまだ東さんがそこにいる。やはり、名刺を返してできませんと断ろう。

「すみませーん!!　ご馳走さまでしたー!!」

東さんのことを考えていたら、タイミングよく後ろから彼女の声がしてビクッとする。

声に反応した文が、先にキッチンを出る。私もその後ろに続くと、東さんと彼女と一緒に来た女性社員がバッグを肩にかけて帰ろうとしているところだった。

「もっとゆっくりしたかったんですけど、家から呼び出しがあって……お土産《みやげ》までありがとうございました」

連れの女性が文に何度も頭を下げている横で、笑顔の東さんがご馳走さまでした、と続けた。

「私もデザートをお土産《みやげ》でいただきました。どの料理も美味《おい》しかったので、今度はプライベートで来ますね」

「ありがとうございます～!!　ぜひ、またいらしてくださいね!!」

――ああ……とてもじゃないけどこの空気の中で名刺を突っ返すなんて、できないよ……

「じゃ、鳥梯さんも、お疲れさまでした〜」

「お……お疲れさまです……今日はありがとうございました……」

笑顔で手を振る東さんと連れの女性に頭を下げ、結局普通に見送ってしまった。

「……真白、大丈夫？」

隣に立っていた文に心配されてしまう。

「あんまり大丈夫じゃないけど……もういい。会社で返すことにする」

ここは気持ちを切り替えよう。そうでないと雰囲気が悪くなるし、文に申し訳ない。

店の中に戻り、東さん達がいたテーブルの辺りを片付ける。すると、すぐ近くに座っていた六谷さんが手伝ってくれた。

感謝すべきところだけど、今の私は彼の行動を素直に受け入れることができなかった。

もちろん六谷さんが悪いわけではない。

でも、この人が八子さんの話題を持ち出さなければ、あんなことにはならなかったかもしれない。

「いいですよ。六谷さんは座っていてください」

口調がどうしても冷たくなってしまう。

――ダメだな、私……早くいつもの自分に戻らないと……

「いや。俺ももう腹いっぱいだから、ちょっと動きたいんだよ」

「本当に大丈夫ですから。今日はありがとうございました、お疲れ様でした」

普段どおりに接しようとしていたのに、六谷さんが小声で囁《ささや》いた言葉が私に刺さった。

これをスルーするなんてできない。

「……は？」

すこしキツい視線をぶつけたら、六谷さんが分かりやすく肩を竦《すく》めた。

「東さんを連れてきたのはわざとだよ。あと、彼女が八子さんと同じ高校だったっていうのも、知ってたんだよね」

話している六谷さんをずっと見ていたけど、途中から自分の顔がすごいことになっているんじゃないかと思って、顔を逸らした。

「なんでそんなこと、わざわざ私に言うんですか？　言わなきゃ気付かないかもしれないのに」

「いや、鳥梯はもう気付いてるだろ。さっき、東さんから名刺もらった時に、俺がなんにも反応しなかったから」

「そうですね。もうちょっと気まずそうな顔でもするかと思ったのに、全然でしたもんね」

「うん、大体予想どおりだったからな」

——予想どおり!?

思わず噛みつきたくなった。けれど、わずかばかりの理性がそれを必死に止めた。

「……どういうことですか？」

六谷さんは私の真横に立ち、高い位置から見下ろしてくる。

「彼女は元々ああいう人なんだよ。付き合う男はアクセサリー。中身よりも外見が大事。そんな人が、八子さんを気に入らないわけがない。そこへ、最近同じ会社の社員と仲がいい、なんて話を聞かせたら、東さんも焦って行動を起こすんじゃないかっていう……」

「話を聞かせたって……」

「まあ、俺が話したんだけどな。なんとなく、最近鳥梯と八子さんがいい感じだよって」

「なっ……なんで！　六谷さんは一体何がしたいんです⁉」

「そんなの決まってる。八子さんと鳥梯の仲を邪魔したいだけ」

自分がずっと信頼していた上司の口から、まさかそんな言葉が出てくるなんて思わなかった。

「だから先に、ごめんって謝っただろ。俺はね、実はめちゃくちゃ心の狭い男なんだよ」

「そ……そんな人だと思わなかったです」

自然とこんな言葉が出てきてしまうくらい、六谷さんのことが嫌いになりそうだ。

本当はもっと言ってやりたいことがたくさんある。失望したとか、がっかりしたとか。でも、彼からたくさんのことを学ばせてもらったという過去があるせいで、それを口にすることができなかった。

「ごめんな。まあ、俺にここまで邪魔されても八子さんと上手《うま》くいくんなら、その時は俺もきっぱり諦めるよ」

――はあ⁉　何それ‼

イラッとしたし、思いっきり六谷さんに突っ込みたくなったけど、この人が上司だということを忘れちゃいけない。

「……それって、私への気持ちがどうのっていうよりも、ただ六谷さんが納得したいだけじゃないですか……」

ぐっと堪《こら》えて、恨み言を言うだけにとどめた。でも、これを六谷さんは「まあな」とあっさり認めてしまう。

「こんなことをしちゃうくらい、お前と八子さんのことに納得がいかないってこと」

「……私は八子さんを選んでいるのにですか？　私の気持ちや幸せはどうでもいいんですか？」

「もちろん鳥梯には幸せになってほしいと思ってるよ。でも、やっぱり八子さんにくれてやる気にはならないね」

「それでも、私が選んだのは八子さんです。六谷さんが何を思おうが、それは変わりません」

今の自分の気持ちをきっぱり言った。

「へえ」

何を思ってのへえ、なのか。

でも、この人に何を言ってももう無駄だ。

六谷さんをその場に残し、フロアに戻った。

結局用意した料理はデザートを含めて全てが綺麗になくなった。食べきれないものは持って帰ってもらったりもしたが、料理が全てなくなったことに、文は心の底から安堵しているようだった。

「本当に助かったよ～!!　このお礼は今度必ずするからね」

「え。いいって。今日だって美味《おい》しい料理をタダ同然でいただいちゃったわけだし……」

本気でそう思っていたのに、文の気は済まないらしい。

「何言ってんの。真白が会社の人に声をかけてくれたから、用意した全ての料理を無駄にすることなく食べてもらえたんじゃないの。さもなければ、我が家であの大量の食材を消費しないといけなかったんだから！」

「まあ……確かに。あの量を家族三人で消費するのはなかなか大変よね。でも、役に立ててよかったよ」

こんなことを言っておいてアレだけども。

文には感謝されたが、人を集めてくれたのは六谷さんなので、私としては少々複雑な気分だ。

——あんなことさえなかったら、素直に感謝できたのに……

しかも東さんから面倒なお土産《みやげ》まで預かってしまい、気分は重くなるばかりだ。

はあ……と無意識でため息をついたら、目の前の文が不安そうな顔を向ける。

「ねえ。さっき、上司と真白のやりとりが聞こえちゃったんだけど、なんか面倒なことになってない……？　大丈夫？」

さすがに聞こえてたか……

「あー……うん、まあ……でも、大丈夫」

「そう？　相談ならいつでも乗るからさ」

「ありがと」

文には笑顔で対応したけど、心の中はまだたっぷりモヤモヤが残っている。

——せっかく八子さんに関しての悩みがなくなったと思ったのに……

久しぶりの恋はいいことばかりだと思っていた。でも、やっぱりそうでもなかった。

——六谷さんのことも、名刺のことも、何もかもがめんどくさい……

心の中で重苦しい息を吐きながら文に別れを告げ、帰宅したのだった。


翌日、東さんからもらった名刺をバッグに入れたまま出社した。

絶対渡せないし、捨てちゃおうかなと一瞬だけ思った。「すみません、渡せませんでした」そう言って、名刺のことはなかったことにしようとも考えたけど、今後のことを考えると、どうしても躊躇《ちゅうちょ》してしまってできなかった。

——それに、今日は現場で東さんと顔を合わせることになると思うんだよね……

今日は新店の工事現場に社長が視察に来ることになっていた。きっと社長秘書の東さんも来るはず。

こんなモヤモヤがずっと続くくらいなら、いっそのこと八子さんと付き合っていることを話した方がスッキリするかもしれない。そうだよ、ちゃんと説明して名刺を返そう。そう決めた。

——もしかしたら現場に八子さんが来る可能性もあるんだけど……

社長が視察に来ることは八子さんにも連絡済みだった。ただ、その時間、八子さんには別の仕事が入っているそうで、終わり次第向かうと聞いている。でも、仕事が押した場合は顔を出すのが難しくなるので、来られない可能性の方が高いのだ。

でも、昨夜の八子さんとのメッセージで、「真白に少しでも会いたいから、どうにか時間作って行くよ」って言ってたからなあ……

八子さんに名刺の件を相談しようと思ったけど、今の私は恋愛が久しぶりすぎて、その判断ができない。ただでさえ仕事のこともあるのに、正直、考えることが多すぎていっぱいいっぱいなのだ。

八子さんに会えるのは嬉しい。でも、東さんと、名刺の件に関しては気が重い。

悶々《もんもん》とした気持ちのまま、井口さんと一緒に現場に向かう。工事は予定どおり順調に進んでいた。ガス、水道などの配管工事と電気工事は終わり、今は内装工事の真っ最中。いよいよ店舗全体のイメージが掴めるようになってきた。

「だいぶできましたねー」

工事担当の方と挨拶《あいさつ》を交わしたあと、井口さんと二人で現場の写真を撮りながらチェックをする。

当初のイメージどおりにできているので、今のところ問題点や改善点なども見当たらない。

「そうね。思っていたとおりでいい感じね」

これであとはクロスを貼ったり腰板をつけたり、左官工事が必要なところは職人さんが入って……と、図面と照らし合わせながらチェックを進めていると、店の入り口から人の話し声が聞こえてきた。

「お疲れ様です」

聞き慣れた男性の声に反応して、すぐ振り返る。東さんを連れて入ってきたのは我が社の社長である岩淵さんだ。

「お疲れ様です」

すぐに井口さんと駆け寄り挨拶《あいさつ》をすると、社長が「差し入れ」と言って、近くのコーヒーショップのコーヒーと、その店で売っているドーナツの入った袋を渡してきた。もちろん私達にだけではなく、工事をしてくれている業者さん全員の分もだ。

「寒い中お疲れさん。皆さん冷えないように温かくしてね」

社長の心遣いにほっこりしながら、業者さんは休憩タイム。

進捗状況などをざっと社長に説明し、問題なく進んでいることを報告した。それに安心した社長は、工事担当の責任者と話しながら、室内をチェックしている。東さんはというと、今はコーヒーを飲みながら一人で室内を見て歩いていたので、咄嗟《とっさ》にチャンスと思った。

「あ……東さん。お疲れ様です」

声をかけながら近づくと、彼女が私に微笑んでくれる。

「あら鳥梯さん、昨夜はどうもでした。お友達のお料理すごく美味《おい》しかったです。あのあと帰宅して、お土産《みやげ》にもらったデザートもペロリといただいちゃったわ」

うふふふ、と微笑みながら、さらさらの髪を耳にかける仕草がなんとも絵になる。今日の彼女は膝丈のタイトスカートに黒いタートルネック、その上にジャケットというスタイル。シンプルではあるけれど、とてもスタイリッシュだ。

「よかったです。友人も喜びます。ぜひまたお店に行ってあげてください」

「そうするわね」

「あの、それでですね……」

バッグの中にある彼女の名刺を渡そうと、中に手を突っ込んで名刺入れを探す。しかし、ちょうど私が名刺入れを掴んだ瞬間、店の入り口で男性の声が聞こえた。

――う。この声……まさか。

会いたいけど、今は会いたくなかった人が来てしまった。

「お疲れ様でーす。鳥梯さん？　今日、岩淵さんが来てるんだよね？」

「や……八子さん……!!」

ハッとして目の前にいる東さんを見る。案の定、会いたがっていた八子さんが目の前にいるとあって、彼女の目がキラキラと輝いているように見えた。

「八子君だあ～!!」

分かりやすく彼女が嬉しそうな声を出し、八子さんに近づく。

いきなり女性が近づいてきたことで八子さんの足が止まるが、その相手が見知った相手であると気付いたのか、表情を緩ませる。

「え。あれ、東さん」

「久しぶりー!!　もう、最近社長と連絡取り合うのに全然私を通さないんだもん！」

「確かに。……ちょっと、先に岩淵さんのとこ行っていい？」

彼と話したそうにしている東さんを一旦制し、八子さんが社長のいるところに向かって歩き出す。するとそこはさすが社長秘書、東さんがスッとビジネスモードに切り替わった。

「社長。八子さんがいらっしゃいました」

その切り替えの早さは見事だった。うっかりバッグの中に手を突っ込んだまま見送ってしまう。

彼が社長と話している隙に名刺を返そうかと思ったけど、当の東さんが八子さんの後ろにぴったりくっついているので、そんなタイミングなどありそうもない。

それにもし、東さんが名刺の件を八子さんに話したら……？

——それ、マズくない……？

もちろん、東さんは先輩だし、断れなかったという事情はある。そこはきっと八子さんも分かってくれると思う。

でも、私が八子さんの立場だったら、絶対思う。自分のことが好きなら、名刺を受け取らない選択肢もあったんじゃないか、と。

どうしよう。とぐるぐる悩んでいると、ずっと社長と話をしていた八子さんが、東さんと話をしながらこちらに歩み寄ってきた。

その光景を見つめながら、心臓がドキドキと音を立てる。

「あ、鳥梯さーん。ねえねえ、昨日渡したアレ、今持ってる？」

不安があっさり的中し、目の前が暗くなった。

東さんの言葉に、隣の八子さんが目を丸くしている。

「え。昨日のアレって何？」

もうダメだ。仕方ない……

断ったけど押し切られたこと、八子さんには名刺を渡さず、付き合っていることを話して東さんに返すつもりだったとあとでちゃんと説明しよう。

「あ、あの。昨日、東さんと話す機会があって……その時に、これを渡してほしいと頼まれて……」

私は、昨日東さんから預かった名刺を、八子さんに差し出した。

不思議そうにしていた八子さんが、それを受け取った。くるっと裏返し、書いてあるものを確認してから東さんに向き直る。

「何。これって東さんの個人的な連絡先？」

八子さんに問われた東さんが笑顔で頷く。

「そうなの。仕事がらみじゃなくて、今後はプライベートなことでも連絡もらえたら嬉しいなって。早速だけど、今度食事に行かない？　高校時代のこととか、久しぶりにいろいろ話したいんだ〜」

「なるほど、高校時代の話ね。じゃあ、俺が高校時代から付き合いあるヤツも呼ぼうか」

「それもいいけど、まずは八子君と二人がいいかな？」

東さんが八子さんに今日一番の笑顔を返す。それを見た瞬間、彼女が本気を出してきたことが分かった。

——うっ……イヤだ。八子さんにそんな顔で近づかないで……!!

もちろん、彼女に八子さんと付き合っていることを、ちゃんと話さなかった自分が悪い。でも、やっぱり目の前で好きな人がアプローチされるのはすごくイヤだ。

八子さんはどう反応するのだろう。恐る恐る彼を見ると、八子さんもちらっとこっちへ視線を寄越した。

一瞬目が合った彼の今の心情は読めない。

——これって、どっち……？

名刺を預かった私に苛ついているのか、私に名刺を預けた東さんに困惑しているのか。

どっちともとれる八子さんのリアクションに内心で悶々《もんもん》としていると、業者さんと話を終えた社長がやってきて、八子さんに声をかけた。

「せっかく来てくれたのに、あんまり時間が取れなくて悪いな。今度ゆっくり食事でも行こう」

「はい。ぜひ。連絡待ってます」

私と井口さんにもお疲れ様と声をかけて、社長が出て行く。その姿を追うように、東さんが私達に会釈《えしゃく》した。

「じゃ、私もこれで。八子君、連絡待ってるから」

綺麗にネイルが塗られた手をヒラヒラさせて、東さんの姿は見えなくなった。

嵐が去ったあとみたいにこの場が静まり返る。

いつもだったら、真っ先に話しかけてくれる八子さんが黙っていると、こうも静かになるのか。

——……き、気まずっ……

この場には私と八子さん。そしてちょっと離れた場所で写真を撮っている井口さん。奥の方には社長の差し入れのコーヒーを飲みながら、ドーナツを食べている作業員さんがいる。

さっきのことについて私なりの弁解をしたい。しかし休憩時間を考慮しても、ここで話せば他の人に丸聞こえなため、プライベートなことは話せない。どうしようかと考えていた時、ずっと黙っていた八子さんが口を開いた。

「名刺は、どういう経緯で預かることになったの」

いつもより低いトーンの声にビクッと体が強張《こわば》った。

話の内容も声のトーンも完全にプライベートな八子さんになっている。

「私はちゃんと断ったんです。でも、東さんに押し切られてしまって……」

「ふーん。俺がこれを受け取っても、鳥梯さんは平気だったんだ?」

「平気じゃありません!!」

思わず声を張り上げてしまった。ハッとなって周りを見回すと、作業員さん達がこっちを見たあと、気まずそうに目を逸らした。

まずい、と思った私は、さっきよりも声のトーンを落として八子さんに謝った。

「すみません。く……詳しくは、あとでちゃんと説明するので……」

「別にこれくらいの会話なら大丈夫でしょ。それより俺は、なんでよりによって鳥梯さんが彼女の名刺を俺に渡すよう頼まれたのか、その経緯が知りたいんだけど」

「ろ、六谷さんのせい……です」

六谷さんのところは八子さんにしか聞こえないよう、思いっきりボリュームを下げた。

しかし、六谷さんの名前を聞くと、八子さんの顔が途端に険しくなった。

「は? 六谷さん? なんで六谷さんが出てくんの」

「それが、昨日事情があって六谷さんと東さんと夕食をご一緒したんです。その時に……」

八子さんが、わけが分からない、とばかりに眉根を寄せる。

「なんで六谷さんと一緒に飯行ってんだよ」

完全に機嫌が悪くなっている。そんな八子さんを前に焦りしか浮かんでこない。

「そ、それはですね。予期せぬ事態があったというか……あの、この件に関してはまたあとで詳しく説明するんで、今ここでは……」

私が周囲を気にして言葉を濁《にご》していたら、それを遮《さえぎ》るように八子さんが言葉を被せてきた。

「そもそも、付き合ってることを周囲に公表しておけばこんなことにはならないんじゃないの？　そうすれば今回みたいに鳥梯さんが仲介役にされることもないし、別の男が寄ってくることもない。むしろそうすべきだと思うけど？」

はっきりと自分の意見を述べる八子さんは、いつもの飄々《ひょうひょう》とした彼ではなかった。

――まずい。八子さん、本気で怒ってる……

それがよりいっそう私の焦りを加速させた。

「それは、分かってます……」

「じゃあなんでこんなもんもらってるんだよ。これ、今、東さんが言わなかったらどうするつもりだったの。東さんが連絡欲しいそうです、って俺に渡すつもりだったわけ？　彼女がどういう意図で俺と連絡を取りたがってたのか、君は知ってたんだろ？」

「し……知ってましたけど、でも、ちゃんと説明して返すつもりだったんです」

「はっ……どうだかな」

八子さんが東さんの名刺を無造作にシャツの胸ポケットへ突っ込んだ。

その動作に目が行きつつも、今の八子さんの言葉に胸がざわついて、顔に熱が集中してきた。

「どうだかなって、何……？　八子さんは私を信じてないんですか」

私の声が震える。ヒートアップしていた八子さんも、さすがに言いすぎたと思ったのか、気持ちを落ち着けるようにため息をついた。

「信じてるけどさ。でも、彼女がこれを君に渡そうとした時拒否することはできたはずだろ」

「……っ！」

そのとおりすぎて、返す言葉が浮かばない。

「それは……ごめんなさい。でも、あの状況じゃ仕方なくて……」

「分かってる。俺だって分かってるよ。上司や先輩社員に頼まれたら、真面目な君はきっと断れないってね。でも、分かっていても、思っていた以上にショック受けてるんだよね」

「八子さん……？」

そのまま黙ってしまった八子さんは、室内を見回してから、今まで当たり前のように見てきた仕事用の作り笑顔で一礼した。

「今の俺は、君に何を言うか分かんないから帰ります。じゃあ……仕事のことは、これまでどおりご連絡ください」

「え、ちょ……」

——仕事のことはって。じゃあ、それ以外はダメってこと？

混乱している間に八子さんは現場から出ていってしまった。

私はその場にぽかんと立ち尽くす。

でも、すぐに私の肩に誰かの手がのせられた。反射的にそちらへ顔を向けると、井口さんがいた。

「……やっちゃいましたね、鳥梯さん……」

彼女が私の肩に手をのせたまま、ふー、とため息をつき頭を左右に振っている。

「何を……」

「今の、完全に痴話喧嘩ですよね。この場にいる人達、全員そう思ってますよ」

言われてハッとして作業員さん達の方を向くと、みんな気まずそうにすぐさま私から目を逸らした。

その光景を見て、この場にいる全員に今のやりとりが丸聞こえだったことを知った。

「だ……あああああ――!!」

――しまった!! やってしまった……!!

最初は場所のことをちゃんと考えて小さな声で話していたのに、八子さんとの会話に夢中になりすぎて、声が大きくなっていた。

分かりやすく頭を抱えてその場にうずくまる。これからも工事は続くというのに、作業員さん達にとんだ醜態《しゅうたい》を晒《さら》してしまった。

恥ずかしくって、ここに穴があったらすっぽりと中に埋まってしまいたい。

「ここ、声が反響しますしね……でも、社長がいなくてよかったですね。ああ、あと東さんも」

「全然よくないよ……」

淡々と話す井口さんに聞こえるか聞こえないかのボリュームで声を絞り出した。

というか、東さんがこの場にいたらきっと喧嘩になんかなっていない。彼女の行動のせいでこんなことになったんだから。

私はしばらくその場で頭を抱えたのち、なんとか気を取り直して作業員さんにお詫びをして回ることになったのだった。


どうにか場を纏《まと》めて井口さんと帰社した私だが、八子さんのことが気になって仕事が手に付かない。

そんな私を見かねた井口さんが、休憩時間に私を部署の外へ連れ出した。

「分かりやすく落ち込んでますね、鳥梯さん」

「すみません……」

井口さんには一部始終を見られているので、今更取り繕う必要もないから素直に認めた。

「二人がそういう関係なのは、なんとなく気付いていてたんですけどね～。でも、鳥梯さん隠したそうだったから、私も敢えて突っ込んで聞かなかったんですけど」

――なんだ、バレてたのか……

項垂《うなだ》れる私の横で、井口さんが淡々と語り続ける。

——それにしても、やっぱり私最低だったな……

相手のことを考えたら、他の女性の連絡先を渡すなんて、するべきではなかった。そんなことは当たり前なのに。

もしかしたら頭の片隅で思っていたかもしれない。八子さんなら、こんなことをされても怒らないんじゃないかって。あとでちゃんと説明すれば大丈夫だろうって、彼が受けるであろうショックを軽く考えていた。

八子さんは……私の気持ちを優先して返事を待ってくれたり、周囲の反応を気にする私のために、付き合っていることも言わないでくれていたのに。

彼はあんなにも、私に誠意を見せてくれていたのに、私は彼の気持ちに甘えるばかりで、その思いを踏みにじってしまった……

「どうしよう井口さん……八子さんを怒らせちゃった……」

思わず泣き言が出てしまった。

たぶん、初めて井口さんに弱気な姿を見せたかもしれない。

「うーん……まあ、あれは八子さんも本気で怒ってるって感じじゃなかったですけどね」

「嘘だ……怒ってたよ」

「怒るっていうか、苛立ってるって感じじゃなかったですか？　どうしてこうなった、みたいな……。それに、鳥梯さんを傷つけたくないから出て行ったように見えましたよ」

「そうかな……？」

今日の井口さんは、なんだか私よりも五歳くらい年上に感じる。

「ちゃんと話し合えば大丈夫ですよ、二人ともいい大人なんだし。あと」

「……あと？」

聞き返したら、井口さんが真顔で私を見つめる。

「鳥梯さんが片付けられる厄介事は、なるべくなら片付けてあげたらいいと思います。東さんの件とか。あれって絶対、八子さん困ってたと思うので」

もっともな忠告をいただいて、私はただただ頷くしかできなかった。

私は井口さんに言われるまま定時で仕事を切り上げて、さっさと帰宅した。

自宅に到着してからの私は、激しく落ち込んでいた。いつもなら最高に美味《おい》しい仕事終わりのビールも、美味《おい》しく感じない。

缶ビールを手にしたままクッションに腰を下ろし、ぼーっとTVを見つめる。TVはついていても番組を見ているわけではないので、内容はまったく頭に入ってこない。

八子さんを怒らせてしまっただけでここまで落ち込むなんて、正直自分でも驚いた。

——本当はすぐにでも八子さんのところに行って、誠心誠意謝って、事情を全部説明したい。

でも、自分にできることをちゃんと片付けてからでないと、結局また同じことが起きる気がした。

——まずは東さんか……

まさかアラサーにもなって、こんな風に恋愛に頭を悩ませることになるとは思わなかった。

ほぼやけくそでビールを一気に呷《あお》る。

でも、これを片付けないことには前に進めないし、明るい未来はやってこない。いや、くるか分からないけれど、それでもやらないと。

一晩がっつり落ち込んでそのまま寝てしまえ。それで、明日の朝には頭を切り替えよう。

いつもは一日一缶と決めているビールを三本空《あ》けて、ふて寝するように布団にくるまった。


一晩明けて、いつものように支度をして部屋を出た。

考えても埒《らち》が明かない時は、無理矢理にでも前向きになるしかない。

まずは東さんに名刺の件を謝って、八子さんと付き合っていることを正直に言う。それから八子さんのところに謝りに行こう。

八子さんは……昨夜は連絡もなかったし、会ってくれるかどうか分からないけど、今度は私が彼に誠意を見せる番だ。

もう、やるしかない。

いつもより早く出社して、先に東さんがいるフロアに赴《おもむ》く。社長秘書の彼女は、社長室の隣にある秘書室にいるはずだ。しかし、そこに彼女の姿が見あたらず、近くにいた人に尋ねるとお手洗いに行ったらしい。ならば、とフロアの入り口で待つことにした。

しばらくして、お手洗いがある方向から歩いてくる東さんの姿が見えた。今日も膝丈のタイトスカート姿が非常に様になっている。

「……東さん、おはようございます」

意を決して声をかけると、私の顔を見た瞬間彼女が笑顔になった。

今から話すことできっとこの笑顔は崩れてしまう。そう思うと、心がくじけそうになる。

「あら。おはようございます。朝から烏梯さんがこんなところにいるなんて珍しいわね?」

「始業前にごめんなさい……実は、東さんにお話ししたいことがありまして……」

「話? 何、仕事がらみ?」

「いえ、極めて個人的なことです」

ほう。と東さんが声を漏らす。そしてすぐ、手招きしながら私を人があまり通らない通路の突き当たりに誘う。

「ここだったら他の人には聞こえないでしょ。で、どうしたの? 個人的なことって……」

「……八子さんのことです……」

思い切って彼の名前を口にする。驚くかと思ったけど、意外と東さんは冷静だった。

「えー、八子君? 彼と何かあったの?」

「な、何かっていうか……その、実は私……今、八子さんとお付き合いしているんです」

彼女は目をまん丸にして驚いた。

「えっ？　鳥梯さんと八子君が？　そうなの⁉　それっていつから……」

「本当につい最近なんです。でも、仕事のこともあるので、会社で公《おおやけ》にはしていないんですけど……それであの、そういうことなので、八子さんと二人で会うのはやめてください。お願いします！」

東さんを見ると、彼女は気分を害したというよりも、まだ私と八子さんの関係が信じられない様子だった。

「えー……そうだったんだー。そうしたら私、二人に悪いことしちゃったわね。ていうか昨日、私ったら鳥梯さんの前で八子君に直接連絡待ってるとか言っちゃったじゃない！　あのあと大丈夫だった？」

急に不安そうな顔をする東さんに、こっちが目を丸くしてしまう。

――あれ。なんか、思っていた反応と違う……？

「大丈夫ではないのですが……でも、これからちゃんと話し合うので、心配は無用です」

これは事実なので、はっきりと伝えた。

「え。喧嘩しちゃったの？　うわ～……どうしよ、ごめんね。私が間に入ろうか？　あ、でも二人で会うのはマズいわね……社長に頼んで間に入ってもらう？」

なぜかここで社長が出てきたので、慌てて手を左右に振った。

「そんな!! とんでもないです!! これは私と八子さんの問題なので、本当に大丈夫です。それよりも、先日の食事会の時に私がはっきり言わなかったのがいけないんです……今、すごく反省してます」

東さんの眉間《みけん》に若干の皺《しわ》が寄る。

「私に気を遣ったのね。それと、六谷さんがいたからよねー。ていうか、六谷さんは鳥梯さんと八子君がそういう仲ってこと知ってるの?」

「はい」

「ええ……それを知ってて、私に八子君がフリーだって話したの? タチ悪いわねあの人」

東さんが困り顔ではあ~、と大きなため息をついた。そして、私の肩にポンと手をのせる。

「あのね。この前も言ったけど、私は別に八子君のことが好きで付き合いたかったんじゃないの。確かに、六谷さんから八子君が鳥梯さんと最近仲がいいっていう話はちらっと聞いたけど、あくまで彼がフリーだっていうから、それなら誘ってみようかなって思っただけ。決まった相手がいるなら手なんか出さないから安心していいわよ」

「本当ですか……?」

確認すると、東さんが私の目を見たままこくんと頷く。

「付き合ってる二人に割り込むなんて面倒なことしないわよ。できることなら、私が直接八子君に謝りたいくらいだけど、これ以上お邪魔虫になりたくないし、あなたから八子君に、私が渡した名刺は破棄してくれって伝えてくれる？」

「は……はい……ありがとうございます！　すみませんでした……」

思いのほか優しい東さんに（失礼）、心の底から感謝した。感謝しすぎるあまり、鼻の奥がツンとして泣きそうになってしまう。

「ちょっとやだ、こんなことで泣かないでよ。それよりも八子君とちゃんと話す方が大事よ。私が原因で破局とか勘弁してよね？」

「はい……でも、その前に六谷さんとも話をしないといけないので」

「もしかして六谷さんって、鳥梯さんに気があるの？　だから二人の仲を邪魔しようとしてるとか？」

東さん、なかなか鋭い。言わないでいたことを全部当てられて、仕方なく頷いた。

「なるほどね……じゃあ私も利用されたってことかな。だったら私も怒っていいわよね、これ」

「利用……と言っていいのかは分からないんですけど……でも、六谷さんは東さんと八子さんが同じ高校でお互い顔見知りっていうのは知ってたみたいでした」

「ああ、前にちらっと話したことがあったからね。それにしても鳥梯さん」

「えっ、はいっ」

急に厳しい視線を送られ、何を言われるのかと緊張で体が強張《こわば》った。

東さんがこちらに体を向け、私に近づく。

「恋愛に先輩とか元上司なんて関係ないわ。大事に思ってるなら遠慮しないではっきり言わなきゃ！」

声は大きくないけど、窘《たしな》めるような語気の強さに、気が付いたら謝っていた。

「す……すみません!!」

「いい、六谷さんにも思ってることをはっきり言うのよ。あの人、自分が粘れば、そのうちあなたが落ちるとでも思ってるんじゃない？　モテ男はフラれ慣れてないから、妙に自信があったりするのよね……」

腕を組みながら、呆れた様子でため息をつく。

「……一緒に働いてる時は全然そんなことなかったので、いまだに戸惑っているのですが」

「八子君と仲良くしてるって聞いて、急に惜しくなったんじゃないの。もしくは八子君と張り合ったのか……でも、八子君はモテるけど、中身は六谷さんと正反対よね。ああ見えて八子君は取引先とか自社の社員には手を出さないみたいだし。意外とあの人、根は真面目みたいだから」

「……そうなんですか？」

「社長が言ってたんだけどね。社長は八子君のそういう部分を気に入ってるみたい。あ、一番はもちろん才能だけどね」

「でも私……」

——思いっきり取引先の人間なのですが……

八子さんのことを褒《ほ》めてくれたのに申し訳ない。

自分を指さして固まっていると、東さんが「あはっ！」と笑い声を上げた。

「だから、八子君にとっては、それだけあなたが特別ってこと。きっとこれで最後にするつもりなんでしょ。あなたで終わりってこと」

「終わり……」

呆然としていると、フロアから顔を出した人が、東さんの名を呼んだ。

「東さーん、ちょっといいですか」

「あっ、はーい！　今行きます！　じゃあ、私行くわね。こっちのことは気にしなくていいから、あなたは八子君とちゃんと仲直りしてよ」

「は……はい。ありがとうございました」

カツカツとヒールの音を立てながら、東さんがフロアに戻っていく。

不安だったことが解消して、つい近くにある壁にもたれかかってしまった。

――よ……よかった……!!　ていうか東さんめちゃくちゃいい人だった……!!

ほっとしすぎて思わず姉さん……!!　と抱きつきそうになったくらい。

でもここで安心はしていられない。まだ大きな問題が残っている。六谷さんという大きな問題が。

まずは始業前に六谷さんの元へ行き、近いうちに話す時間をもらえないか相談した。

すると今日の昼休みならいいと言われ、迎えた昼休み。

「六谷さん」

外出から戻ったばかりと思われる六谷さんは、自分の席に鞄を置き、ジャケットを脱いでいるところだった。その背中に声をかけたら、六谷さんの顔が珍しく歪《ゆが》んだ。名前を呼んだだけなのに、なぜだ。

「……ああ、鳥梯」

「あの。なんでそんなあからさまにイヤそうな顔をされるのですか……」

「いや……今の今まで八子さんに会ってたんだよ。取引先に行った帰りに連絡もらったんで、彼の事務所が近かったから挨拶《あいさつ》がてら立ち寄ったんだ」

――八子さんに、会った……

私と彼が今ややこしいことになっているというのに……なんで？

八子さんと一体何を話したのか。気になってモヤモヤするが、それをどうにか押さえつけて平静を装《よそお》ったつもりが、六谷さんに「そんな顔で睨《にら》むな」と苦笑されてしまった。

私、どんな顔をしているのだろうか。

すると、六谷さんがこめかみを押さえながら、ふうっと息を吐いた。

「もちろんメインは仕事の話だよ。今度新規で立ち上げる関西営業所の内装デザインを確認したりとかさ」

「ああ……関西の営業所も八子さんが内装を担当するって決まりましたもんね」

これまで関東圏にしか直営店舗がなかった我が社だが、今後は全国展開を見据えて関西にも拠点となる営業所を置くことが決まった。それに伴って立ち上げる新営業所の外装と内装を八子さんが担当することになったと、先日社長から発表があったばかりだ。

同時に、新営業所の簡単な完成予想図も見せてもらった。誰が見ても納得する素敵な内装と外装だった。

「それと、お前の話な」

「……何を話したんですか」

「手を出すなと。思いっきり釘を刺された」

なんでかは分からないけど、六谷さんは笑っている。

「……えっ？」

八子さんの信頼を裏切るようなことをしたのに、まさかそんなことを言ってくれるなんて思わなかった。

「他にもいろいろ言われたよ。東さんをけしかけたこととかもね。やり方が汚いとか姑息《こそく》とか、まあ罵《ののし》られたね」

「え。八子さんが……？」

呆れられて、愛想を尽かされたかもしれないと思っていたけど、六谷さんにそういうことを言ったのなら、私、まだ八子さんに嫌われてないのかな……？

気が抜けたのと安心したので、顔が緩んでしまった。

いけない。と気を引き締め直そうとする。すると六谷さんが、「あー、もう、なんて顔してんだ。腹立つな」と、呆れ顔で悪態をつく。

「腹立つって、どんな顔ですか……」

ちょっとムッとして聞き返す。

「八子さんのことが好きで仕方ない、っていう顔」

「えっ……ええ!?　私、そんな顔してるつもりは……っ」

嘘だ、と混乱している私を見ながら、六谷さんが笑う。

「嘘だよ。それに、いろいろ悪かったな。八子さんにはちゃんと謝ったから安心しろ」

謝ってくれた六谷さんは、これまでずっと私が慕《した》ってきた先輩の六谷さんだった。

六谷さんが観念したように目を伏せ、頷く。

「なんだかんだで、あの人、ちゃんとお前の気持ち分かってるよ。でも、昨日喧嘩したんだって？　八子さんめちゃくちゃ落ち込んでたぞ」

「は？　それはこっちの話ですよ。私が至らないせいで、八子さんを怒らせてしまったんですから……」

六谷さんはそうじゃない、と首を横に振った。

「あの人は怒ってないよ。そうじゃなくて、嫉妬とかいろんな感情を制御できなくてお前に八つ当りしたことを後悔してた。でもまずは、そもそもの元凶をどうにかしなきゃって、俺に直接連絡を寄越したわけだ」

「じゃあ、八子さんは本当に怒ってないんですか？」

六谷さんが真顔のまま首を左右に振った。

「全然。それよりも鳥梯に嫌われたかもしれないって嘆いてた。そのせいで昨日は、ほぼ寝ていないらしい」

「ええ⁉　だ、ダメじゃないですか」

六谷さんがバッグの中から缶コーヒーを出し、プルトップを開けてそのまま飲み始める。

いつもはブラックコーヒーを飲む人なのに、彼が飲んでいるのはミルク入りの微糖タイプ。好みが変わったのかな、と思いながらそれを眺めていると、ある程度飲んだところで六谷さんが顔をしかめた。

「甘いな。やっぱ俺はブラックの方が好きだ」

「じゃあ飲まなきゃいいじゃないですか……なんでそれ買ったんです」

「買ったんじゃない。八子さんにもらったんだ。お前に渡してくれって言われて」

「……は？」

今なんて、と六谷さんを見る。

なんで私に渡せと言われたものを自ら飲んでいるの、この人は。

「六谷さん……さすがに子供みたいな嫌がらせはやめてくださいよ……」

「俺もそう思う。だから、これで最後だ。お前にはコーヒーに貼り付いていたメモだけやるよ」

「さ、最後？　メモって……」

ほれ、と六谷さんが私に掲《かか》げたのは粘着式のよく事務で使う小さなメモ。そこに書かれていたのは【ごめんね】という短い言葉だけ。

見た瞬間、なんだか八子さんらしくて笑いが込み上げてきた。

――私が昨日からどれだけ落ち込んだと思ってんの……⁉　それをこの「ごめん」だけで済ませようだなんて……

怒りたいけど、やっぱり八子さんのキャラは憎めない。それにさっきの六谷さんの言葉が本当なら、きっと私以上に落ち込んでいるはず。だって、私は落ち込んだけどちゃんと寝たし。

メモを受け取り、それに目を落とす。その間、苦手な微糖ミルクコーヒーを飲んでいた六谷さんが、飲み干した缶を私に突き出した。

「これ、捨てといて。そうしたらもうお前と八子さんの邪魔はしないよ。二人で仲良くな」

「六谷さん……」

ここへきてそんなこと言うなんて。でも、これまでのことを考えると、さすがにすぐには信じられない。

「散々意地悪なことして悪かった」

「本当ですよ。信頼してたのに、幻滅しました」

「……だろうな」

ははは……と自虐《じぎゃく》的な笑みを浮かべる六谷さんからミルクコーヒーの缶を受け取った。

「でも、やっぱりまだ尊敬はしてるんです。今の仕事は全て六谷さんから学ばせていただいたので。何があっても、私の仕事における師匠は六谷さんですから」

正直、何度も嫌いになろうとした。でも、これまでのことを思い返したらどうしても嫌いになれなかった。

私の気持ちを聞いた六谷さんが、驚いたように目を見張る。たぶん、私がもっと口汚く罵《ののし》るとか、冷たい視線を送ってそのままスルーするとか想像していたのだろう。

残念でした。あなたの思いどおりになんか動いてやらない。

「鳥梯は……なんか、すごいな。あの八子さんが本気になる理由が分かった気がするよ。って、今頃気が付いても遅いんだけど」

それに対しては何も答えなかった。

私は、無言で一礼して自分の席に戻る。

八子さんが怒っていない。むしろ、落ち込んでいると聞いて、さっきから彼に会いたくてうずうずしてる。

——今日、仕事終わったら会いに行こう……

六谷さんを経由して八子さんからもらった缶コーヒーの空《あ》き缶は、とりあえず捨てずに洗って、手持ちのビニール袋に入れてバッグに放りこんだ。

## 六

定時から一時間ほど残業をして、会社を出た。

とにかく八子さんに会いたい。その気持ちだけで彼の事務所がある街へ急ぐ。

絶対に八子さんはまだ仕事をしているはず。眼前に迫ってきた八子さんの事務所前で足を止めた。まだ明かりもしっかり点《つ》いているので、誰かがいるのは間違いない。

この前通りかかった時にお洒落《しゃれ》だと思った青いドアを開け、ごめんくださいと声をかける。ドアを開けるとすぐ目の前に来客対応用のカウンターがあり、その向こうでは数人のスタッフがデスクに向かっている。

一番近いところにいる方に話しかけようとしたら、奥から甲本さんが現れた。

「あれ、鳥梯さんじゃないですか。どうしたんです？　もしかして今夜、八子とアポが……」

不安そうに尋ねる甲本さんに慌てて違うと手を振った。

アポ、と言われてあっ、と気付く。そういえば私、何も連絡を入れていなかった。

――し、しまった……衝動的に会社を出てきちゃったから忘れてた……!!

「ごめんなさい、約束はないんです。でも、八子さんにどうしてもお話ししたいことがあって。今、八子さんは……」

恐る恐る尋ねたら、甲本さんが目を丸くする。

「それがですねー、今日に限って珍しくもう帰宅しちゃったんですよ」

いつもだったら余裕で仕事してる時間なのに、と思う。

嘘。もしかして会えない？

そんな不安が頭をよぎった。

「それって、お仕事ですか……？」

「いえそれが、八子、昨日からちょっとおかしくて。ずっと自室に籠《こ》もってるわりには、作業が全然進んでないんですよ。しかも昨夜は自宅に帰らないでここに泊まったっぽいし……今日もあんまり調子よくなさそうだから、帰って休んではどうかって勧めたんです。そしたら、定時前にさっさと自宅に帰っちゃったんですよ」

「……ぐ、具合が悪い、とかではないんですよね……？」

「近くにクリニックがあるんで勧めたら、違うって。体は問題ないって言うんですよ。だから、昨日出先でなんかあったのかなって……そういえば、昨日八子、鳥梯さんのところに行ってますよね？」

「はい……」

なんだか警察で尋問を受けている加害者の気分になってきた。だって、八子さんがおかしいのは、間違いなく私が原因だからだ。

私の表情がだんだん曇ってきたことに甲本さんも気が付いたらしく、しばし考え込んだあと、突然ハッと目を見開いた。

「もしかして……原因、ですか……？」

「……すみません……」

心から申し訳なく思って、その場で深々と頭を下げた。

「なんだー!! よかった〜。もしかしたら原因は俺かもしれないって、ちょっとドキドキしてたんですよ！ でも違うなら安心です。じゃあ、八子のマンションに直接行っちゃってください」

「は……はい……ご心配をおかけして本当に申し訳ありませんでした……」

私と八子さんが喧嘩したことで、結果的にまったく関係ない人にまで心配をかけていた。そのことが非常に心苦しかった。

甲本さんと事務所でまだ仕事中の他の社員の人に頭を下げてから、青いドアを閉め事務所をあとにする。

――迷惑かけちゃった……今後は気を付けないと……

それにしても、八子さんって意外とメンタルの不調がそのまま仕事に出るタイプなんだ。

だとしたら今後は喧嘩したらすぐに謝らないといけない……なんて考えていると、あっという間にマンションの前に到着した。

部屋番号はしっかり覚えているので、エントランスに入るなりテンキーを操作した。呼び出しボタンを押して数コール。風邪を引いていた時に似た、気怠《けだる》そうな八子さんの声が聞こえてきた。

『……え。なんで……』

たぶんモニターに映っているのが私だとすぐに気が付いたのだろう。真っ先にこんな反応が返ってきた。

「……なんでって。事務所に行ったらもう帰ったって言われたんです。だから来ました」

『とりあえず、入って』

通話が切れたのと同時に、自動ドアが開いた。そこを通り抜けて彼の部屋へ急ぐ。

ドアの前で改めてインターホンを押すと、すぐにドアが開いた。どうやら待っていてくれたらしい。

「いらっしゃい。あなた……本当に俺を驚かせるのが好きだね」

「……お邪魔します」

八子さんがくいっと顎《あご》で中に入るよう促《うなが》したので、部屋の中に入った。この前来た時とほぼ変わりない部屋の様子にちょっとホッとしつつ、キッチンのカウンターにビールの空《あ》き缶がいくつも置いてあるのが見えてハッとした。

――どこかで見た光景が……

私と一緒じゃないか。と心の中で突っ込みを入れる。その間に八子さんがキッチンに移動した。

「コーヒーでいい？　っていうか、六谷さんからもらわなかった？　コーヒー」

「もらいましたよ。これですよね？」

私がバッグの中からビニールに入った空《あ》き缶と、貼り付けてあったメモを取り出して彼の前に差し出した。

「なんで缶持ってきたの。捨てりゃあいいのに」

「一応受け取った証拠として。中身は六谷さんに飲まれたんで」

正直に話したら、八子さんがすごい勢いで私を見る。

「は？　飲まれた？」

「ええ。最後の嫌がらせだって言って、私の前でぐびぐびと……全部飲まれました」

八子さんが信じられないという顔をして、珍しくちっ、と舌打ちした。

「あいつ、マジふざけんなよ……」

八子さんが怒りを露《あら》わにしている。それを眺めて、ハッと我に返った。

今日は六谷さんへの怒りを増幅させるためにここへ来たんじゃない。

「あの、それはもういいんです。六谷さんとはちゃんと話がついたので。もう邪魔はしないって約束してくれましたし」

「本当かよ……もう、あの人の言葉は信じない」

「今回は大丈夫だと思いますよ。それと、東さんの件も。八子さん、昨日私が渡した東さんの名刺、今持ってます？」

「ん？　あるけど……」

八子さんがソファーに置いてあった鞄から名刺入れを出し、そこから東さんの名刺を抜いて私に寄越す。

「じゃ、これは私が回収しますね」

「どうすんのそれ」

「朝までは、回収したらそのままゴミ箱へ……って思ってたんですけど、話してみたら東さんがすごくいい人だったので、捨てるのはやめて私がもらいます」

「東さんと話したの？」

八子さんがキッチンに移動し、コーヒーメーカーにコーヒーの粉末と水をセットする。

「はい」

「何を？」

「ん——……簡単に言うと、八子さんは私のだから取らないで、って」

淡々と説明したら、コーヒーを扱っていた八子さんの手が止まる。こんなに目を見開いている八子さんを初めて見た。

「本当にそんなこと言ったの」

「要約ですけど。でも、東さんすぐ分かってくれました。それどころか、なんで先に言わなかったのって叱られちゃいましたよ。東さんって、私が想像していたよりも、ずっとさっぱりした人だったんですね。……て、八子さん知ってました？」

「知らん。初耳」

コーヒーをセットしたコーヒーメーカーのスイッチを入れ、八子さんが小さく首を振る。

「同じ高校出身だったのに？」

「クラスメイトじゃないし……部活も違ったら、他のクラスの子と話す機会なんかないだろ？　向こうはなんでか俺のこと知ってたけど」

「そりゃ、こんだけ見た目がいいと目立つからでしょ」

彼の外見を褒《ほ》めると、八子さんがなぜか怪訝《けげん》そうにする。

「……ありがとう……？」

お礼を言ってはくれたが、そこからなぜかお互い無言になってしまった。

――違う……こんなことが言いたかったんじゃない。

もっと言おうとしていたことがあるでしょ。と自分を叱咤《しった》しつつ、改めて彼を見つめた。

「あの、八子さん。私……」

「ごめんね」

私が謝ろうと思ったのに、先に謝られてしまった。

「俺が子供みたいに拗《す》ねたのがいけなかった。でも、あれから時間が経つほど、どんどん冷静になって、自分の態度がいかに馬鹿らしいか実感したよ。俺、この年になって初めてあんな気持ちになったんだ。嫉妬とか、執着とかで自分がコントロールできなくなるっていう……なんか、貴重な経験をさせてもらった」

「いえ、あれは私がいけなかったんです。八子さんが私から東さんの名刺を受け取ったらどんな気持ちになるかを、考えなかったわけじゃないんです。でも、相手が先輩だと思ったら強く拒否できなくて……でも、私、ほんとは昨日、東さんに名刺を返そうとしたんですよ。なのに、ちょうどそこに八子さんが来ちゃって……」

八子さんが昨日のことを思い出すように眉根を寄せて私から目を逸らす。その間にコーヒーメーカーから香ばしい匂いが漂《ただよ》い始め、部屋中をコーヒーの香りが包んでいく。

「そういや、俺が到着した時、二人でなんか話し込んでたな。だとしたら俺、めちゃくちゃタイミング悪くないか」

「はい……正直言って、なんで今⁉って思いました」

八子さんが苦笑する。そうこうしている間にコーヒーができあがったので、八子さんが以前と同じマグカップにそれを注《つ》ぎ、キッチンカウンター越しに私へ差し出した。それを受け取ると、彼も自分のカップにコーヒーを入れ、冷凍庫の氷を数個入れてすぐに口に運ぶ。

「氷……入れちゃうんですか」

「熱いとすぐ飲めないから。鳥梯さんも入れる？」

「いえ。私は熱いのをフーフーしながら飲むのが好きです」

八子さんって猫舌なのかな……と、ぼんやり考える。

「でもまあいいや。あっさり成就するより、紆余曲折《うよきょくせつ》あった方が叶った時の喜びもでかいし。ましてやそれが、自分で最後だと決めた相手なら尚更だ」

最後の相手……という言葉を何度も頭の中でリピートする。それって私のこと？　と思い始めた時、八子さんが私を見て微笑む。

「ね。そう思わない？」

「お……思い、ます……」

私の返事に満足そうに頷いてから、彼が手にしていたカップをカウンターに置く。そして私の真ん前まで来ると、私が持っていたカップが取り上げられた。

「熱。よくこんなの飲めるな」

「飲めるな、て……八子さんが淹《い》れてくれたんじゃないですか」

「うん。でもこれはまたあとで。冷めてから飲もう」

取り上げたカップをキッチンカウンターの上に置くと、八子さんが私との距離を詰めた。近い、と思う間もなく彼の腕が私を包み込み、強く抱き締められる。ここまでの一連の動きがめちゃくちゃ速くて、すぐ目の前にある彼の肩を見つつ、目をパチパチさせた。

「やっ……」

「イヤ？」

違う……八子さんって呼ぼうとしただけ。

「イヤなわけないでしょ……私だって早く……触りたかった」

彼の背中にそっと触れると、私を抱き締める腕の力が更に増した。

「俺にとってはこれが最後の恋だよ」

「……私も、これを最後にしたいです」

背中にあった八子さんの手が、私の後頭部に移動した。

「したい、じゃなくてするんだよ」

八子さんが少しだけ私から顔を離し、何を思ったのかいきなり頬ずりをしてきた。夕方ということもあり、少し伸びた髭《ひげ》の感触にちょっとだけ顔をしかめてしまった。しかもその顔をしっかり八子さんに見られているという。

「そんな顔すんなよ」

「だって、じょりじょりって……」

「イヤがったらキスするけど」

「……イヤがらないとしてくれないの？」

すぐにそう返したら、八子さんの目尻が下がった。

「何もしなくたって、するよ」

腰を支える腕に力が籠《こ》められた。八子さんがグッと顔を突き出すようにして、やや強めに唇が押しつけられる。それに反応して、私も八子さんの背中にある手を彼の肩にずらして掴んだ。

「……真白」

いつにも増して甘い囁《ささや》きに、腰から力が抜けそうになる。というより、抜けた。ヘロヘロと床にへたり込みそうなところを、八子さんにしがみついてどうにか保っている。

「……んっ……」

私に覆《おお》い被さる八子さんの圧に押され、後ろに一歩。また一歩と後退する。何歩か下がったところでソファーにぶつかり、そのまま後ろに倒れ込んだ。それでも、八子さんは唇を離そうとしない。もちろん私もだけど。

彼の熱い唇が、私の舌と絡まりながら時折口腔《こうこう》を蹂躙《じゅうりん》していく。繰り返される舌での愛撫《あいぶ》にいつの間にか唾液が溜まり、それを飲み込むなりまた彼の舌が入ってきて……というのを繰り返す。

八子さんとはこれまで何度もキスをしているけれど、今日のキスはこれまで以上に濃厚で、私の脳内を蕩《とろ》けさせるほどの威力があった。

――まだこんなのを隠し持っていたなんて……ずるい……

このままだとキスだけで達してしまうかもしれないと思っていると、おもむろに彼の手が服の上から私の胸の膨らみをまさぐり始めた。

「……、これ、引き抜いちゃっていいかな」

八子さんがまどろっこしい、と呟きながら私の服をスカートから少しずつ引き抜こうとする。もう引き抜こうとしてるじゃん、と突っ込みを入れながら、どうぞと言うと、すぐに白いシャツとその下に着ていたインナーをスカートの外に引っ張り出された。

するっと服の下から差し込まれた手が、あっさりとブラジャーのホックを外す。一気に胸元が緩み、ブラがただ胸の上に乗っかっている状態になる。胸の辺りがもぞもぞして気持ちが悪い。

「あの……服、脱ぐから……」

「いいの？　っていうか……ごめん、移動しようか。立つから掴まって？」

「えっ……きゃあっ!!」

私の腰を抱いたまま、八子さんがいきなりソファーから立ち上がった。いくら腰を抱かれているとはいえ、そのままだと落っこちるので、反射的に彼の体に足を絡めてしがみついた。

「なん……急に!!」

「いやほら、ソファーじゃ背中が痛いかなって。ベッドには行くけど、その前にこっち」

こっちと言って私を抱きかかえたまま八子さんが向かったのは、キッチン。彼はアイランドキッチンのような作業台の上に私を乗せた。

作業台に腰を下ろした私と、少し背を屈《かが》めた八子さんの目線がぶつかる。それと同時に八子さんの手がそっと私の頬に添えられた。

いつもより熱を帯びた八子さんの色っぽい視線に、激しく胸がときめいた。

「八子さん……」

「諄で」

「じゅ……諄……さん？」

「うん。嬉しい」

言いながら彼の綺麗な顔が近づいてきた。目を伏せると唇が重なり、自然と口を開いて舌を絡ませていた。

「あっ……ふ、……っ」

舌を絡め合いながら彼が服の中に手を入れ、乳房を直《じか》に掴み揉みしだく。時々、硬く勃ち上がった先端を摘まれて、キスの合間に「んっ」と声が漏れた。

「硬いな」

改めて言われるとどう返していいか分からなくて、カッと顔が熱くなる。

正直に言うと、たぶんこの部屋に入ってすぐに八子さんを意識していた。彼の姿を見て、声を聞くだけで下腹部が疼《うず》き、体が彼を求める。

あまりにも正直な自分の体に戸惑いはしたけれど、改めて自分は八子さんのことが好きなのだと実感した。結果オーライである。

「真白……」

八子さんが服を胸の上にたくし上げ、すでにブラの外れている乳房を露《あら》わにする。そこに吸い寄せられるように八子さんが顔を寄せ、乳首を口に含んだ。

唇が触れた瞬間、込み上げた甘い痺《しび》れに、ビクッと体が震えた。

「あっ……！」

快感に悶《もだ》えるように背中をグッと伸ばす。その間に彼の舌は口の中にある乳首をまるで飴《あめ》のように舐《な》めしゃぶり、もう片方の乳房を形が変わるくらい強く揉み込んでいく。

「ん……あ……っ……はっ……」

胸への愛撫《あいぶ》が続き、次第に下腹部の疼《うず》きが激しくなっていく。腰を動かさずにはいられないほどの快感に耐えきれず、口から熱い吐息が漏れ始める。

——もう……これだけでイっちゃいそう……

だんだん思考がぼやけ始めた。一人で達することに若干の申し訳なさを感じながら、胸元にある八子さんの頭を掻き抱いた。でも、もうじき……というところで、彼が胸への愛撫《あいぶ》をやめてしまう。

「……？　諄さ……」

「さっきから腰が動いてる。こっち、ヤバいんじゃないの」

「え……」

こっちって？　と尋ねる間もなく、八子さんがスカートの中に手を入れ、足の付け根に直接触れてきた。いきなりショーツのクロッチ部分を指でなぞられて、大きく背中が反《そ》った。

「あっ！」

彼の指が特に敏感なところを、生地《きじ》越しにゆっくり確かめるように撫でてくる。触れられた瞬間からじわっと蜜が溢《あふ》れ、ショーツをじんわり湿らせていくのが分かった。

「すげえ濡れてる」

八子さんが私と視線を合わせながら、嬉しそうに呟いた。

「そ……そんなの言わなくても……」

「ねえ。これ、脱がせちゃっていい」

「えっ」

「いいよな、じゃ脱がす」

私の返事を聞くことなく、彼はショーツに手を掛け、あっという間に足から引き抜いてしまう。

それだけにとどまらず、彼はスカートをめくり上げ、私の足を開いてその間に体を割り込ませた。

「あっ、ちょっ……」

私が制止する前に、彼は股間に顔を埋《うず》め、溢《あふ》れ出る蜜を直接舌で舐《な》め始めた。

「や、あっ‼　ダメだって……！」

「大丈夫、大丈夫」

「大丈夫じゃなっ……あっ！」

蜜口の辺りに舌を差し込まれ、嘘みたいに丁寧に蜜を舐《な》め取られる。

頭の中ではすぐにやめさせたい。そんなところ舐《な》めないで、と思っている。でも、気持ちよすぎて体が動かない。

「はっ……ん、や、やだあ……もう……」

「イヤなの？　でも、ここは喜んでるみたいだけどね」

「んんんっ!!」

襞の奥に隠れていた蕾《つぼみ》に直《じか》に触れられて、大きく腰が跳ねた。それに気を良くしたのか、彼の舌が今度はそこへの愛撫《あいぶ》を始めてしまう。

「やあっ……ダメだってば……っ!!」

ダメと言っているのに全然聞いてくれない。それどころか舌の動きが激しくなっているような気がする。

「あっ……あ、んっ……や、ダメっ……!!」

ざらついた舌が敏感な箇所を執拗《しつよう》に嬲《なぶ》る。おかげで徐々に高まりつつあった絶頂が、すぐそこまで来てしまっていた。

――あ……イく……!!

そうはっきり確信したのと、達したのはほぼ同時だった。背中を大きく反《そ》らし、足先を伸ばしながら絶頂を味わったあと、放心状態になる。

「あっ……は、はあっ……」

「イった？　じゃあ、そろそろ俺も」

口元を親指で拭いながら八子さんが立ち上がった。そのまま私に背を向けたので、どこに行くのかと目で追っていると、ソファーの上にあった鞄に手を伸ばした。

なんだろう？　と思っていたら取り出したのは避妊具だった。

用意がいいなと思いつつも、常に鞄の中に入れているのかと、わずかばかりの疑問が浮かぶ。

「……いつも持ち歩いてるの？」

避妊具を持って私のところに戻ってきた八子さんが、パッケージを咥《くわ》えながら穿いているスラックスの前をくつろげる。

「んー？　いつもってわけじゃないけど」

避妊具を咥《くわ》えているせいで聞き取りにくいけど、いつもではないらしい。彼が避妊具を手にして、パッケージを破る。

「好きな人ができたら持ち歩くようにしてる」

「好きな……って」

話しながら、私達がこうなることになったきっかけの夜のことを思い出す。そういえばあの夜も、突然のことながら避妊はバッチリだった。

「とかいって。私とこうなる前から持ち歩いてたんじゃないですか……」

軽く文句を言うと、八子さんが私に近づいてきて唇に軽めのキスを落とす。

「だから、真白が好きな人じゃん。じゃなかったらあんな風に誘わないし」

「……そうなの？」

「そうです……っと」

八子さんが喋《しゃべ》りながら屹立《きつりつ》に慣れた手つきで避妊具を被せ終わると、作業台に座ったままの私の背に手を当て、自分に引き寄せた。

グッと腰を押しつけられて、彼がゆっくりと私の中に入ってきた。お腹の奥に彼の存在を感じると嬉しさと気持ちよさが入り交じって、ため息しか出ない。

「……っ、はっ……」

彼の肩に頭を預け、呼吸を整える。

「真白。俺の首に掴まって？」

「うん……」

言われるまま彼の首に腕を絡めた。次の瞬間、彼は私の足を腕に引っかけながら体を持ち上げてしまう。

「あっ……!?」

「ちょっと揺するね」

「あ、あ……っ、や、あっ……！」

持ち上げて致すこの体位はいわゆる駅弁というもの。彼が腰を動かす度に深いところを突かれ、激しい快感に襲われる。でも、この状態は長く続かないのでは……？　と疑問に思っていると、八子さんが私を抱き上げたまま壁に移動し、私の背中を壁に押しつけた。背中に支えがあると安心感が違う。

「……なんで、この格好……？」

疑問を口にしたら、軽く息を乱しながら八子さんが微笑む。

「たまには違うのもいいかなと。でも、このあとベッドにも行くけどね」

この状態のまま何度も突き上げられる。普段することのない体位での行為は、はっきり言ってすごく興奮した。もちろん体位だけじゃない。明かりが点《つ》いた室内でお互いがはっきり見える状況とか、常に相手の顔がすぐ目の前にあることが、よりいっそう私の中の欲情を煽《あお》った。

でも、何より一番、私を熱くしたのは彼が私の恋人であるという事実だ。恋人同士のセックスによって得られる幸福感がどれだけ大事か。身をもって知った。

どちらからともなく顔を寄せて、自然とキスをした。繋がりながらのキスは最高に幸せだった。

「諄さんっ……私、今……幸せ……っ」

キスの合間に今の気持ちを正直に伝えると、彼もまた嬉しそうに目尻を下げた。

「俺もだよ」

同時に奥を穿《うが》たれて、はっと息を呑んだ。ジンジンとお腹の奥から快感が広がって、自然と腰が揺れてしまう。

「ん……あ……っ！」

彼の首にしがみついて、言葉にできない幸福感を味わった。

――好き。大好き。

「好き……」

気持ちを口にしたら、私の中にいる八子さんの質量が増した。なんて分かりやすいのだろう。

「……真白が可愛すぎる」

頬に何度も吸い付かれて、だんだん恥ずかしくなってくる。

「分かってると思うけど、俺、真白の何倍も真白のこと好きだから。よく覚えておいて……っ」

それまでゆっくりだった抽送《ちゅうそう》の速度が上がった。ただでさえ私を持ち上げているので体力を使うはずなのに、腕の力も衰《おとろ》えることなく私を支え続けている。

こんな体力どこにあるの？　と疑問に思うほど力強い動きだった。

「ひ……あっ、あんっ……あ、ああんっ……！」

首にしがみついて必死に振動と快感に耐えていると、徐々に彼の呼吸が荒くなってきた。

「……っ、い、くっ……！」

腰を打ち付ける速度が上がり、彼が小さく呻《うめ》きながら被膜越しに爆《は》ぜた。それから間もなく私もあとを追うように達した。

片足だけ床に下ろしてもらったが、もう片方の足は彼の腕に引っかかっている状態で抱き合った。

なんとなくお互い離れがたくて、繋がったまましばらく何度もキスをした。

「……ベッド、行く？」

「……うん」

控えめに頷くと、彼は一旦私から離れた。避妊具の処理を済ませてから私の手を掴み、寝室へ移動する。

そして再び抱き合って、結局この夜、私は彼の部屋に泊まることになった。

来た時に淹《い》れてくれたコーヒーは飲めなかったけれど、彼が朝、またコーヒーを淹《い》れてくれた。

「コーヒーは旨いが、食べるものがなかったな……」

寂しそうに呟いたこの一言に私がツボってしまって、しばらく会話ができなくなった。

今度からこの部屋に来る時は、食料を持ってこよう。

そう心に決めた朝だった。

七

あれから約一ヶ月が経過した。

私と八子さんが関わった案件であり、我が社が初めて手がけるコワーキングスペース兼カフェの工事が全て終了し、あとはオープンを待つのみとなった。

八子さんのデザインを元にしてできあがったコワーキングスペースは、ダークブラウンがベースの落ち着きある空間。そこに併設されるカフェは、一息入れる場所として開放感を出すように明るい色合いの木材を多用して作られた。

八子さんのデザイン案二つを上手《うま》く融合させてできあがったこの店は、関わった人、誰もが納得する素晴らしい完成度だった。

これには社長も大満足で、今後はこの店をベースとした二号店、三号店を出していくことも決まり、新店の用地探しなどで私の毎日は更に忙しくなった。

今日は朝から、井口さんと目星をつけている候補地の物件を見て回り、ようやく迎えたお昼休み。私たちは物件の近くにあったカフェに入って昼食を取ることにした。といってもドーナツだけど。

個人で営んでいると思われるこの店は間口が狭くとても小さい。たぶん、四、五組が入ったらもう満席になってしまう。もちろんイートインだけでなく、カフェスタンドとしてテイクアウトドリンクやドーナツなどのフードも扱っているので、イートインスペースが狭くても収益が見込めるのだろう。

……と、どうしても経営側の目で見てしまう。でも、ドーナツを食べた瞬間に分かった。これは絶対ドーナツだけでも収益が見込める店だ。

「美味《おい》っしい。このドーナツふわっふわね」

ドーナツだけじゃ物足りないかなー、なんて考えていたのだが、まったくそんなことなかった。というより、このドーナツがめちゃくちゃ美味《おい》しい。ふわふわだししっとりしていて、シンプルだけどドーナツ自体が美味《おい》しいので食べていて飽きがこない。

私が感動しながらドーナツを食べていると、目の前にいる井口さんがスマホを高速で操作していた。そしてすぐに、「ありました」と、この店のことが載っているネット記事を私に見せてくれた。この店について検索してくれていたらしい。

「評価高いですよ。やっぱり一番人気はドーナツみたいですね」

「そりゃこんだけ美味《おい》しかったらねえ……どうしよう、これお土産《みやげ》で持って行きたいな」

「八子さんにですか？」

間髪《かんはつ》を容《い》れずに返ってきた言葉に、飲んでいたコーヒーをこぼしそうになる。

「……ちょっと。井口さん」

「あれ。違いました？　てっきり八子さんか、八子さんの事務所に持って行くんだとばかり」

口元を拭いながら、彼女を見る。何も今の言葉に疑問を抱いていないという、真顔。

「そっ……そうだけど！　でも八子さん一択じゃないから！　普通に会社にお土産《みやげ》という場合もあるからねっ」

「何をムキになって……もう八子さんと付き合ってるのバレバレなんだから、気にしなくたっていいですよ」

「そうだけどさあ……それにしたって八子さん、喋《しゃべ》りすぎだよ」

八子さんと付き合い出してからそれなりに時間も経過し、私も恋人がいる生活にだいぶ慣れてきた。

実は、六谷さんのこともあって、八子さんはさっさと付き合っていることを公《おおやけ》にしようとしたけれど、私はそれを止めた。

二人が関わっている案件が終わるまでは、関係を黙っていてほしいとお願いした……のだが、終わった途端、八子さんは箍《たが》が外れたようにあっちこっちで私が恋人だと話してしまったのだ。

――そりゃ、終わったら周りに話していいよ、と言ったのは私だけど……

私は、聞かれたら答えるというスタンスを取っているが、八子さんは聞かれる前に自分から言いにいっているという……

「だって、八子さんは、黙ってたら女の子寄ってきちゃいますし。恋人いるんだよー、って予防線張っとくのは大事だと思いますよ？」

「分かってるよ……でも、まだ付き合ってそれほど経ってないのに、なんか噂話だけがどんどん大きくなって、まるでもう夫婦みたいに思われてるんだよ……おかしくない⁉」

半分ほど残っていたドーナツをちぎって口に運び、コーヒーで流し込んだ。あら、ここのコーヒー、ドーナツによく合うわ。

八子さんが忙しいのはこれまでと同じ。それなのに、なぜ急に会う時間が取れないほどになったのかというと、原因は彼によるところが大きい。

『これまで、ほとんど休みを取らずに仕事してきたんだけど、真白と会う時間を確保するために、土日は休みたいんだよね。だから悪いけど、しばらく平日はあんまり会えなくなる』

最初にこれを聞いた時、休みをほとんど取らない⁉　と私が激怒した。でも、そこに関して八子さんは自分の事務所だし、忙しい時は自宅で休みながら作業して……という感じだったので、完全に仕事ばかりしていたわけではないらしい。自宅にいれば多少気持ちも落ち着くし、休みたい時はすぐ近くにベッドもあるからと。

でも、私という存在ができたことで、そういった意識を改めたいらしい。それに関しては私も賛成なので、平日会えないことくらいは我慢しようと決めた。

もちろん会えない状況がずっと続くわけではない。今だけだ。

私達がこうして喋《しゃべ》っている間にも、この店にはちょくちょくテイクアウトのお客さんが来て、どんどんドーナツが売れていく。このままだと品切れになると焦った私は、急遽《きゅうきょ》八子さんの事務所で働いている人の数だけドーナツを購入した。

「買ってから言うのもなんだけど、甲本さんとか男性陣はドーナツ食べるかな？　ガトーショコラとか、苦みのあるお菓子の方がよかったかも……」

ブツブツ言っていたら、井口さんが答えてくれた。

「甲本さん甘い物好きですよー。たぶんドーナツ喜びます」

「そうなんだ。よかった」

安心してから「ん？」となる。なんで井口さんが甲本さんのことを知っているのだ？

「なんで知ってるの？」

尋ねたら、普段あまり動揺したりすることのない井口さんの目線が泳いだ。これは珍しい。

「しまった……まだ言うつもりなかったのに。うっかりしてました……」

「えっ？　言うつもりなかったって、何を？」

彼女が発した言葉の意味が気になって仕方ない。身を乗り出して彼女に迫る。

「いやあの……最近私、個人的に甲本さんと連絡を取り合っているので……」

「えっ!!」

まさかの告白に驚いて、前につんのめりそうになる。

「あー、付き合ってるとかじゃないですよ。私が一方的に慕《した》ってるだけで」

井口さんが一方的に!!　と、むしろそっちの方に驚いた。

「慕《した》っ……!?　そうだったの!?　一体いつから……」

「んー……鳥梯さんと八子さんが付き合い始めた頃ですかね？　新店の工事が終わって引き渡しの時、八子さんと甲本さんも来たじゃないですか。その時、甲本さんが仕事のあとに食事どうですかって誘ってくれたんです」

「甲本さんが⁉　そ、それは……甲本さんも井口さんに気があるのでは……」

咄嗟《とっさ》にそう思った私に、井口さんが苦笑しながら首を横に振った。

「そういうんじゃないんですよ。八子さんと鳥梯さんが付き合い出したので、二人の近くにいる者の心得みたいなものを話し合っただけなので」

「ちょっと待って。心得って何……⁉」

思わず気になって目力が強くなったら、井口さんが後ろにのけぞった。

「それは……私、というよりは甲本さんにとって必要なことなんですけどね。具体的には、今後八子さんの周囲に女性が寄ってこないように常に気を払わないといけないという……実はこの話、鳥梯さんには内密でと言われたのですが……」

井口さんがちらっと確認するように私の目を見る。内密にと言われて、はい分かりました、なんて言えるわけがない。

「安心してください。鳥梯さんと八子さんの恋愛の行く末を心配しているとかではないですよ。二人ともいい大人ですし、恋が上手《うま》くいく、いかないは自由ですから。甲本さんが心配しているのはそういうことではなく、別のことです」

「……と、いうのは？」

「仕事です」

井口さんがきっぱりと言い放つ。

なんとなくそんなような気はしていたけれど、やっぱりそうか。

「八子さんと鳥梯さんが付き合う前、何回かギクシャクしたことがあったみたいですけど、それは合ってます？」

「うっ……合ってます……」

――合ってるけど、どれのことだろう。初っぱなのあの夜のあとか、カフェから飛び出したあとか、それとも六谷さんを交えて三人で飲んだ時か、それともそのあとの……

思い当たることが多すぎた。

私が考え込んでいると、それに構わず井口さんが話を続けた。彼女は飲んでいるアイスコーヒーのストローを弄《もてあそ》びながら、ちらりと私に視線を寄越す。

「その時、八子さんが、ぜんっぜん仕事に集中できなくて、ただでさえ詰まってるスケジュールがだいぶ押したんだそうです。見るからに集中できてない様子で、甲本さんをはじめ事務所のスタッフはみんなヒヤヒヤしていたそうですよ」

「えっ。そ……そんなに……!?」

メンタルの不調がそのまま仕事に出やすいとは思っていたけれど、そこまでとは思わなかった。

――ちょっと……仕事の進捗聞いても大丈夫としか言わなかったじゃない！

今度会った時に追及してやろうと、心に決めた。

「そういうわけで、副社長としてＹＡＫＯデザインオフィスの業務を円滑に遂行するために、鳥梯さんに誤解されるような八子さんの行動は一切容認しない。ということになりまして……」

「な……何それ……」

ありがたいけど、そこまでしてくれなくても。

どっと肩の力が抜ける。

「そういうことを甲本さんと話し合ったんです。もちろん、逆のことも考えられますので、何かあればお互いに連絡を取り合って対処しようと。それでメールなどを交わしていくうちに、ちょっとした雑談などで甲本さんの情報を得ているわけです」

「なるほどね……そういうことか」

話を聞いているうちに、手にしていたドーナツはいつの間にか食べ終えていた。コーヒーもほぼ終わりだ。

「まあ……でも、井口さん。甲本さんのこと気に入ってるなら、私達のことを口実に積極的に連絡しちゃいなよ。なんなら食事にでも誘ってさ～」

「食事っ」

井口さんの表情が強張《こわば》る。

「なんで。イヤなの？」

「イヤじゃないですけど。二人きりって緊張するじゃないですか！　メールはほら、一方的に送りつけてそれで終われますし……」

「でもそこを超えていかないと親密になれないじゃない」

「じゃあ、鳥梯さんは八子さんとどうやって仲良くなったんですか？　まあ、最初は八子さんからだと思いますけど、二人がグッと距離を縮めるきっかけってなんだったんです？」

知りたい。とばかりに目を輝かせる井口さんを前に、私は石のように固まった。

――しまった……墓穴《ぼけつ》を掘った……

「うん……まあ……なんていうか、簡単に説明すると出会い頭《がしら》に事故った、みたいな……？」

私の言ったことが理解できないらしく、井口さんが難しい顔をしている。

「えーっと……言葉で説明するのは難しいんだけど……でも、八子さんの方から来てくれたのは確かかな。私は最初警戒してたんだけど、だんだん絆《ほだ》されていったというか……」

「うーん。つまり最初のきっかけに関しては、あんまり話したくないんですね？　とにかく八子さんから来てくれた、と」

「察してくれてありがとう」

――そりゃ、いきなりホテルに誘われて、そういう関係になってからの恋って言いにくいよね。ましてやこんなキラキラと目を輝かせている彼女に話すのは……

八子さんの名誉もあるし、ここはやはり黙っておこう。

でも、井口さんと甲本さんだって、そうならないという保証はない。

大人の男女は時に予期せぬ方向に物事が進むことがある。それは、実体験した私だから言えることだけど。

それともう一つ変化があったのは、六谷さんのことだ。

なんと彼は、今度関西に新設される営業所の責任者として栄転が決まり、本社を去ることが決まった。

内示が出たと教えてくれたのは六谷さん本人だった。

話があると言われた時、あからさまに表情が曇った私を見た六谷さんが「違うから」と即座に否定してくれたおかげで、冷静な気持ちで話を聞くことができた。

「関西行き、決まったわ」

「えっ……」

フロアを出て廊下でこの話を聞いた時は、さすがに驚いた。

あんなにいろいろやられたくせに、それが全部すっ飛んでいくくらいに衝撃を受けた。同時に、寂しさまで感じてしまった。

よくよく話を聞くと、異動自体は六谷さんの希望でもあったらしい。

「俺、関西出身だからさ。ゆくゆくは地元に戻りたいと思ってて」

六谷さんは長男で、実家のご両親も高齢になりつつある。そういう事情もあって、三十歳を超えた辺りから地元に戻ることを徐々に考え始めていたのだという。

「なんだよ。思ってたよりも、随分寂しそうにしてるじゃん」

私の顔を見て、六谷さんが笑う。

「そ、そりゃあ……！　何年も一緒に働いてきた先輩がいなくなるのは寂しいですよ」

「そうか。鳥梯にそう言ってもらえると、なんだか報われたような気になるな。完全に嫌われた自覚があったから、てっきり手放しで喜ばれるかと」

「こういうのは恋愛と別ですから……」

冗談なのか本気なのか分からない六谷さんの呟きは、反応に困る。

「まあ、そんなわけで俺は向こうで頑張るよ。もちろん、今生《こんじょう》の別れっていうわけじゃない。たまには、こっちに来ることもあるだろうしな。あ、でもその頃、鳥梯はここにいるのか分かんないな」

「え。それはどういう……」

まさか私にも異動の話が出ているのかとドキッとした。もちろん、そんな話を社長にされたことは一度もないけど。

「だって、このままいくと八子さんと結婚するだろ？　そうしたら八子さんの事務所に引き抜かれる可能性もあるし」

不穏な空気を払拭《ふっしょく》するように、六谷さんがけろっとした顔ではっきり言った。

私の中にはまったくそういった考えがなかったので、素で「は⁉」と声が出てしまった。もちろんすぐに謝ったけれど。

「すみません……あまりにも予想外なことだったので、つい。でも、私はこの先どうなろうと、今の仕事を辞めるつもりはないですよ。け……結婚だって、考えていないわけじゃないですけど、今すぐは……」

「ふーん。八子さん、鳥梯のこと溺愛してるし？　すでに夫婦みたいだって噂もあるから、てっきり結婚の話が出てるもんだと思ってたよ」

「か……考えすぎです。きっとここでお会いすることになると思います」

はっきり言い返したら、六谷さんがにこっとする。

「じゃあ、その時までに俺も恋人見つけて、お前に自慢できるようにしないとな」

「自慢って。中学生じゃないんですから……」

呆れつつも、六谷さんとこんな風にまた話せるようになって、ちょっとだけホッとしていた。

お世話になった人と険悪なまま別れたくはなかった。六谷さんの異動が、私達の関係をリセットするいいきっかけになったのだった。


そして、迎えた週末。

八子さんと待ち合わせの約束をしたターミナル駅に出向き、指定されたカフェへ急ぐ。

彼によると、そこも八子さんがデザインを担当した店らしい。それを聞いて、彼に会えることはもちろんだが彼がデザインした店をこの目で見たくて、同じくらい期待していた。

「あっ。ここかな」

八子さんに教えられた店の名前で地図を検索して場所を調べた。地図を確認しながら辿《たど》りついた店の名前と八子さんから教えられた名前が一緒であることを確認し、店の前に立った。

大通りからは一本路地を入ったところにある、元々は築年数の古い古民家だった。そこを耐震工事と合わせてリノベーションしてできあがったのが、スコーンなどの焼き菓子をメインに扱うこのカフェだ。

元の柱など生かすところは生かしつつ、壁は新たに作り替えている。古さの中に新しさも感じる外観に、やはり八子さんのセンスは素晴らしいと改めて感じた。

——うわー……自分の彼氏だけど、八子さんって本当にセンスいいなあ……

扉は昔懐《なつ》かしい引き戸で、開けるとカラカラと音を立てた。入り口の暖簾《のれん》をくぐって一歩店に足を踏み入れると、そこにあるハイセンスなお菓子の並んだショーケースやイートインスペースが、現代らしさを醸《かも》し出している。

対応してくれたスタッフに待ち合わせであることを伝えると、すぐにこちらですと奥へ通してくれた。ショーケースの脇にある通路を奥に進むと、すでに席に着いている八子さんの姿が見えた。

こうして彼と会うのは二週間ぶりだ。すぐ近くにいる実物の八子さんを前に、ドキドキが募《つの》る。

「先に来てるなら連絡くださいよ。だったらもっと急いだのに」

彼の向かいにある椅子を引きながら文句を言うと、八子さんの顔が緩んだ。

なんで文句を言っているのに嬉しそうにするのだろう。意味が分からない。

「んー？　恋人を待つ時間というのは、なかなか楽しいものだなって思ったら、連絡することを忘れてたよ」

「何それ。どこが楽しいの」

椅子に座りメニューを見ながら、八子さんの手元をチラ見する。彼が今飲んでいるのはコーヒーだろうか。食事は何も注文していないようだ。

今日はデートで、仕事じゃないのに机の上にノートとペンが出ている。仕事してたなこの人。

「真白も今度早めに来て俺を待ってみなよ。好きな人が来るのをドキドキしながら待つのって、なんか甘酸っぱくていいよ」

何を言うかと思えば。彼の口からそんな言葉が出るとは思わなかったので、唖然としてしまった。

「甘酸っぱ……十代ですか。八子さんみたいなモテ男が何を言ってるんです」

「元、ね。もうモテ男は返上したんで」

ケロッとこういうことが言えちゃうのがすごい。

「そこで否定しないのがすごいです」

呆れると、八子さんが頬杖をつきながら私に流し目を送ってくる。

「まあ、実際モテたし。でも、寄ってきてくれた人全ての相手をしていたわけじゃない。さすがに俺もそこまで元気じゃないし、好みの問題もある」

「はいはい。チャラ男は表向きだけってちゃんと分かってますって。八子さん、実は真面目で一途ですもんね？」

この返事にいたく満足したらしい八子さんが、メニュー表を手にした。

「じゃ、小腹も減ったことだし、スコーンを食べようかな。俺、ホワイトチョコが入ったスコーンね。真白は？」

「えーっと……私は普通のスコーンにしようかな。あと、スコーンだったらやっぱり紅茶は必須ですよね？　八子さんも飲む？」

「俺コーヒーあるから。飲みたくなったら真白のをもらうからいい」

「はいはい」

スタッフを呼び、二人分のスコーンと私の分の紅茶を注文した。銘柄はダージリンで。

注文し終えて八子さんの手元に視線を戻す。

これからスコーンを食べるというのに、彼がノートとペンを片付ける気配がない。

「……もしかして、仕事してたんですか？」

「ん？　あ、これ？」

「休みくらいちゃんと休めばいいのに……また体調崩しても知りませんよ」

八子さんがノートを広げてパラパラとめくる。このリングノートは八子さんが愛用しているものの一つで、職場での打ち合わせの際はいつも彼の手元にあった。

「仕事というかなんというか……これには、いろいろと予定を書き込んでるからさ。今日は真白との未来の予定も書き込もうかなって」

「……え？　私との未来って、何を……」

「結婚するにあたって、真白の希望とか全部聞いておこうと思って」

結婚という言葉をサラリと出しちゃう八子さんに言葉を失った。

またこの人は、突然！　と思うけど、私にこれまでにないくらいの極上の笑みを向けてくる彼のかっこよさに、どうしようもなく胸がドキドキした。

――ダメだ……顔見ちゃうと、もう何も言えなくなっちゃう。

だって、好きだから。こういうことを言うのに、特別改まったりしないところとかがほんと、ずるいと思う。

「あの……なんかもう結婚することになってるけど、私、プロポーズされてないですよ」

「結婚してください」

間髪《かんはつ》を容《い》れずプロポーズされて、再度面食らった。

こんな感動できないプロポーズって、なかなかない。

「あ……あのね……」

リアクションに困っていると、目の前の八子さんが少しだけ身を乗り出した。

「これからの人生は真白と一緒がいい。だから、結婚してください」

真面目な顔で、今度はちゃんとしたプロポーズをされた。

さっきまでの緩い雰囲気が一転したことに戸惑っていると、八子さんがジャケットのポケットからごそごそと何かを取り出した。正方形の箱は、見るからに貴金属が入っていそう。

「ここで普通は指輪を出すんだろうけど、サイズ分かんなかったからさ」

スッと差し出された白い箱。受け取って蓋《ふた》を開けると、中にはキラキラと輝く大きい石のついたネックレスが入っていた。

まばゆい輝きを放つ石を前に、思わず息を呑んだ。

「わ……綺麗……」

「誕生石……と思ったけど、誕生日も聞いてなかったんで。だったらダイヤモンドかなと」

「い……いいんですか？　これ、すごく高かったんじゃ……」

あまり貴金属には詳しくないけれど、白銀のチェーンはおそらくプラチナ。となるとこれだけでも相当の金額になるような気がする。

そう考えたら、手が震えてきた。

「もちろん。婚約指輪をとも思ったけど、指輪よりネックレスの方が真白は使ってくれるんじゃないかと思って。あ、もちろん結婚指輪も買うけどね。そのうちお互いの都合を合わせて一緒に行こう」

「は……はい……」

やばい。すごく嬉しい。

さっきは感動できなくてどうしようかと思ったけど、今のでじゅうぶん感動した。なんかもう、このあとスコーンがくるというのに、すでに幸せでお腹がいっぱいだ。

ジュエリーケースを持ったまま感動していると、目の前で私を見ていた八子さんが、なぜか呆れている。

「もうすっかりその気だけど、返事はくれないの？」

「あ」

――そうだった。返事のことをすっかり忘れていた。

「は……はい。ありがとうございます。よろしくお願いします」

「なんか、取引先にお礼言ってるみたい」

八子さんが真顔で文句をぽつり。

「だって、取引先でもあるし……」

「そうだけど」

たわいない話をしているうちにスコーンが運ばれてきた。皿に二個ずつスコーンが載っていたので、お互いのスコーンを一つずつ交換して食べた。

さすがスコーンを売りにしているだけあって、どっちのスコーンも味がしっかりしていて美味《おい》しい。一緒についてきたクロデットクリームをつけると、また更に美味だった。

スコーンを食べながら六谷さんの話題を出すと、八子さんの表情が一瞬曇った。でも、彼が異動になると知ると、途端に表情が明るくなった。なんて分かりやすいんだ。

「そっかー。異動かー。いやあ、残念だなあ。でも六谷さんなら営業所の一つくらい余裕で回せるでしょ」

「そ……それはそうかもしれないですね……」

「とりあえず。彼が真白に振られてよかったと思えるくらい、幸せになりましょうか」

「そうですね」

八子さんの言葉に即、頷いた。そして彼と見つめ合うと、自然と笑みがこぼれた。

この人とだったらきっと上手《うま》くいく。

根拠はないけれど、たぶんこれは女の勘。

私と八子さんはスコーンを食べ終え、お茶とコーヒーを飲み終わると、彼のマンションに向かって歩き出したのだった。

恋よりもお酒を愛するOL、美雨《みう》。彼女はある、バーで出会ったイケメンだけれど毒舌な央《なかば》と気投合する。楽しい夜を過ごしたのも束の間、が自社で“王子様”と呼ばれる御曹司であること発覚！ 偶然にも“王子様”の素顔を知ってしまっ美雨は、央にお見合い回避のための“恋人役”なってほしいと頼まれてしまい――…。演技”なのにときめいちゃう!? 酒好き女子が腹御曹司の溺愛に酔いしれて…♡

判　定価：704円（10%税込）　ISBN 978-4-434-28642-1

昼は工場勤務、夜は清掃バイトに勤しむ天涯孤独の沙彩《さあや》。ところが、突然工場が倒産し、さらに清掃先で高価な壷を割ってしまった!! 大ピンチ連続の彼女に、イケメン御曹司・神野《じんの》から「壷の代金は支払わなくていいから、俺の婚約者のフリをして欲しい」と驚きの提案が! 思わず飛びついた沙彩だったけど…!?

B6判 定価:704円(10%税込) ISBN 978-4-434-25448-2

イベント企画会社で働く二十八歳の佐羽《さわ》。恋より
ちょっぴり仕事を優先する生活を送っていた
ら——同棲中の彼氏が出て行ってしまった！　突然
の出来事に佐羽は落ち込み、仕事もうまくいかなく
なってしまう。しかしある日、憧れの元上司である
榑林優弥《ればやしゆうや》から飲みに誘われる。彼は、佐羽が彼氏に
フラれたことを知ると、普段の無口な態度を一変さ
せ肉食モード全開で溺愛宣言してきて——？

B6判　定価：704円（10%税込）　ISBN 978-4-434-26737-6

## エタニティ文庫

エタニティ文庫・赤

### 猫かぶり御曹司の契約恋人

加地アヤメ

美味しいお酒が日々の幸せ——という二十七歳の枯れＯＬ美雨。彼女はある日、バーで出会ったイケメンと思いがけず意気投合！　ところが、彼が特大の猫をかぶった自社の御曹司と知ってしまう。その結果、面倒な見合い回避のための恋人役を頼まれて⁉

装丁イラスト／すがはらりゅう

---

エタニティ文庫・赤

### 僧侶さまの恋わずらい

加地アヤメ

平凡な日常を愛する二十九歳独身の葛原花乃。このままおひとりさまもアリかと思っていたある日——出会ったばかりのイケメン僧侶から、まさかの求婚⁉　しかも色気全開でぐいぐい距離を詰められて……。上品僧侶とマイペース娘の、極上ラブストーリー！

装丁イラスト／浅島ヨシユキ

---

※エタニティブックスは大人の女性のための恋愛小説レーベルです。ロゴマークの色で性描写の有無を判断することができます（赤・一定以上の性描写あり、ロゼ・性描写あり、白・性描写なし）。

詳しくは公式サイトにてご確認ください。
https://eternity.alphapolis.co.jp/

携帯サイトはこちらから！

# エタニティ文庫

エタニティ文庫・赤

## 誘惑トップ・シークレット　加地アヤメ

年齢＝彼氏ナシを更新中の地味ＯＬ・未散。ある日彼女は、社内一のモテ男子・笹森に、酔った勢いで男性経験のないことを暴露してしまう。すると彼は、自分で試せばいいと部屋に誘ってきて……⁉　恋愛初心者と極上男子とのキュートなシークレット・ラブ！

装丁イラスト／黒田うらら

エタニティ文庫・赤

## 好きだと言って、ご主人様　加地アヤメ

昼は工場勤務、夜は清掃バイトに勤しむ天涯孤独の沙彩。ところがある日、突然職を失い、借金まで背負ってしまう。そんな彼女に、大企業の御曹司が持ちかけてきた破格の条件の仕事——その内容は、なんと彼の婚約者を演じるというもので……⁉

装丁イラスト／駒城ミチヲ

※エタニティブックスは大人の女性のための恋愛小説レーベルです。ロゴマークの色で性描写の有無を判断することができます（赤・一定以上の性描写あり、ロゼ・性描写あり、白・性描写なし）。

詳しくは公式サイトにてご確認ください。
https://eternity.alphapolis.co.jp/

携帯サイトはこちらから！

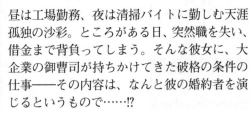

～大人のための恋愛小説レーベル～

# ETERNITY エタニティブックス

エタニティブックス・赤

## お嬢様は普通の人生を送ってみたい　加地《かじ》アヤメ

装丁イラスト／カトーナオ

ＯＬとして働く二十二歳の涼歩は、実は誰もが知る名家──新行内家の一人娘！　今だけという約束で実家を離れ、素性を隠して社会勉強中なのだけど……みんなが憧れる「リアル王子様」な上司・秋川と、うっかり恋に落ちてしまう。優しい彼の、大人の色香に女子校育ちの涼歩の胸は破裂寸前で⁉

---

エタニティブックス・赤

## 策士な紳士と極上お試し結婚　加地《かじ》アヤメ

装丁イラスト／浅島ヨシユキ

結婚願望がまるでない二十八歳のＯＬ・沙霧。そんな彼女に、断りにくいお見合い話が舞い込んでくる。お相手は家柄も容姿も飛びぬけた極上御曹司！　なんでこんな人が自分と、と思いながらお断りする沙霧だったが……紳士の仮面を被ったイケメン策士・久宝により、何故かお試し結婚生活をすることになって⁉

※エタニティブックスは大人の女性のための恋愛小説レーベルです。ロゴマークの色で性描写の有無を判断することができます（赤・一定以上の性描写あり、ロゼ・性描写あり、白・性描写なし）。

詳しくは公式サイトにてご確認ください。
https://eternity.alphapolis.co.jp/

携帯サイトはこちらから！

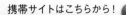

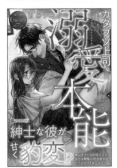

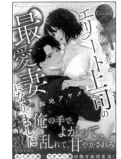

この作品に対する皆様のご意見・ご感想をお待ちしております。

おハガキ・お手紙は以下の宛先にお送りください。

【宛先】

〒150-6008 東京都渋谷区恵比寿 4-20-3 恵比寿ｶﾞｰﾃﾞﾝﾌﾟﾚｲｽﾀﾜｰ 8F
（株）アルファポリス　書籍感想係

メールフォームでのご意見・ご感想は右のＱＲコードから、
あるいは以下のワードで検索をかけてください。

アルファポリス　書籍の感想　検索

ご感想はこちらから

# 不埒《ふらち》な社長《しゃちょう》と熱《あつ》い一夜《いちや》を過《す》ごしたら、溺愛沼《できあいぬま》に堕《お》とされました

加地アヤメ（かじ あやめ）

2023年 1月 31日初版発行

編集－本山由美・森 順子
編集長－倉持真理
発行者－梶本雄介
発行所－株式会社アルファポリス
〒150-6008 東京都渋谷区恵比寿4-20-3 恵比寿ｶﾞｰﾃﾞﾝﾌﾟﾚｲｽﾀﾜｰ8F
TEL 03-6277-1601（営業） 03-6277-1602（編集）
URL https://www.alphapolis.co.jp/
発売元－株式会社星雲社（共同出版社・流通責任出版社）
〒112-0005 東京都文京区水道1-3-30
TEL 03-3868-3275
装丁イラスト－秋吉しま
装丁デザイン－AFTERGLOW
（レーベルフォーマットデザイン－ansyyqdesign）
印刷－中央精版印刷株式会社

価格はカバーに表示されてあります。

落丁乱丁の場合はアルファポリスまでご連絡ください。

送料は小社負担でお取り替えします。


ISBN978-4-434-31491-9 C0093